AF618429

Herzsprung
Verlag

Impressum:

Besuchen Sie uns im Internet:
www.papierfresserchen.de

Mühlstr. 10, 88085 Langenargen
info@papierfresserchen.de

Herstellung und Lektorat: CAT creativ - www.cat-creativ.at
Druck: KDP Amazon / Polen

Illustrationen Cover: © Scovad - Adobe Stock lizenziert
Bild S. 16, © Martina Meier; alle anderen Fotos und Illustrationen
© bei den jeweiligen Autorinnen und Autoren.

ISBN: 978-3-99051-221-0 - Taschenbuch
ISBN: 978-3-99051-222-7 - E-Book

Martina Meier (Hrsg.)

Leben pur

Sommergefühle

Herzsprung-Verlag

Buchtipp

Es war einmal im Sommer

ISBN: 978-3-86196-220-5, Martina Meier (Hrsg.)

Taschenbuch, 178 Seiten

Die Tage werden wieder länger, die Temperaturen steigen stetig und die Sonne zeigt sich immer öfter. Das kann nur eines bedeuten: Der Sommer steht vor der Tür! Daher suchte das Papierfresserchen Geschichten rund um Sommer, Sonne und Strand. Die Autorinnen und Autoren haben ihrer Fantasie freien Lauf gelassen oder ihre schönsten Erlebnisse aus Urlaub oder Freizeit geschildert. Die Texte richten sich an Kinder und Jugendliche.

Weitere Infos unter www.papierfresserchen.de

Inhalt

Die Autorinnen und Autoren

Beccy Charlatan
Bettina Schneider
Charlie Hagist
Christian Günther
Christina Reinemann
Doreen Pitzler
Dörte Müller
Eva Joan
Florian Geiger
Gerald Marten
Hannelore Futschek
Hartmut Gelhaar
Helga Licher
Helmut Blepp
Hermann Bauer
Ines Reimer
Ingeborg Henrichs
Jochen Stüsser-Simpson
Juliana Barth
Katja Richter
Lisa Marie Kormann
Luna Day
Nicola Patsis
Nicole Gabrys
Oliver Fahn
Pamela Murtas
Petra Kesse
Ramona Wesselow-Krystosek
Sieglinde Seiler
Susanne Ulrike Maria Albrecht
Thordis Ziemons
Ulli Krebs
Ulrike Müller
Vanessa Boecking
Volker Liebelt
Wolfgang Rödig

... und demnächst in dieser Reihe

Leben pur ... Wintergefühle

Einsendeschluss 1. Dezember 2024

Mit einer heißen Tasse Kakao am Fenster sitzen, den Schneeflocken zuschauen und dabei ein gutes Buch in der Hand halten ... das ist Luxus pur. Für den Kakao müssen Sie selbst sorgen, auf das Wetter haben wir keinen Einfluss, aber für das gute Buch sorgen wir sehr gerne. Gefüllt mit Ihren Wintergeschichten, weißen Träumen und Erinnerungen - vielleicht an eine unbeschwerte Kindheit. An Rodelfahrten und Schlittschuhe, an ein gebrochenes Bein, an Schlitterpartien und rote Nasen.

Es sind wieder ausdrücklich alle deutschsprachigen Autorinnen und Autoren ab 16 Jahren dazu aufgefordert, sich an dieser Ausschreibung zu beteiligen. Eingesandt werden dürfen wie immer persönliche Erinnerungen, Märchen, Erzählungen, Gedicht - wir sind genreoffen bei unseren Einsendungen! **Einsendeschluss für alle Texte ist am 1. Dezember 2024.** Das Buch soll Anfang 2025 erscheinen.

Frühling, Sommer, Herbst und Winter – mit dieser kleinen Reihe setzen wir wieder einmal mehrere Autor*Innenwünsche um. Schreiben Sie uns, wenn auch Sie ein Anthologiethema haben, über das Sie gerne einmal schreiben möchten: info@papierfresserchen.de.

Der Sommer meiner Kindheit

Meine Großeltern waren für mich ganz besondere Menschen …

In der heutigen Zeit, die von Hast und Lärm geprägt ist, erinnere ich mich noch oft an meine Großeltern. Von ihnen bekamen meine Geschwister und ich die Aufmerksamkeit, die unsere Eltern uns oft nicht geben konnten. Oma und Opa hatten das wertvollste Gut, was vielen Eltern, früher und auch noch heute, fehlt – Zeit …

Wenn meine Geschwister und ich aus der Schule kamen, blieb uns nicht viel Zeit zum Spielen. Jeder von uns bekam eine Aufgabe zugeteilt. Meine Brüder fegten den Hof und fütterten die Hühner und die Kaninchen. Ich half meiner Mutter bei der Gartenarbeit und beim Kochen.

Ungeduldig warteten wir stets auf die Schulferien. In dem alten Haus, am Rande des Waldes, in dem meine Großeltern lebten, durften meine Geschwister und ich so manches Mal die Sommerferien verbringen. Das kleine Haus stand abseits der Dorfstraße und wurde eingerahmt von einem wunderschönen Garten mit vielen alten Obstbäumen. Auf der nahe gelegenen Weide grasten Schafe und Ziegen. Ich tollte mit meinen Geschwistern auf der Wiese umher und wir spielten Verstecken oder Gummitwist.

Neben der verwitterten Haustür blühte ein weißer Fliederbusch, der im Frühjahr Tausende von Bienen anlockte. Der Garten meiner Großeltern war im Sommer ein Paradies für uns Kinder.

Abends, wenn die Sonne unterging, trieb der Bauer seine Kühe durch das Dorf zum Stall. Die Kinder aus der Nachbarschaft liefen ihnen nach.

Und wenn wir später müde und hungrig nach Hause kamen, duftete es aus der Küche nach Bratkartoffeln und frischem Apfelmus. Meistens saß Großvater bereits am Tisch und blickte uns über den Rand seiner Brille tadelnd entgegen, wenn wir beim Spielen wieder einmal die Zeit vergessen hatten. Doch das Blinzeln seiner Augen verriet mir, dass er uns nicht böse war.

Wenn Oma uns zum Nachtisch ein Brot dick mit Margarine bestrich und Zucker darauf streute, war die Welt für uns wieder in Ordnung. Wir fühlten uns geborgen – in dieser kleinen, heilen Welt.

Heute weiß ich, dass es sie gab – trübe Regentage, heftige Gewitterstürme und kalte Nächte … In meiner Erinnerung jedoch waren die Sommertage für mich und meine Geschwister unbeschwert und fröhlich. Die Sonne brannte heiß vom wolkenlosen Himmel und die Luft flimmerte vor unseren Augen. Wir lagen im Schatten der mächtigen Kastanie und sahen den Bienen zu, die in den Blumenkelchen nach Nektar suchten. Das träge Summen der fleißigen Tierchen machte uns müde und nicht selten fielen uns irgendwann die Augen zu. Ich träumte von Elfenkindern, die in dem alten Pflaumenbaum wohnten und über Zauberkräfte verfügten. Leider habe ich eines dieser Elfenkinder nie zu Gesicht bekommen.

Mein Opa war ein sehr weiser Mann. Er sagte oft: „Willst du mitessen, so musst du auch dreschen."

Als Kind habe ich das nie verstanden. Heute weiß ich, was er meinte. Jeder sollte dazu beitragen, dass alle Menschen satt werden.

Meine Großeltern hatten nicht viel Geld, und dennoch waren sie zufrieden mit dem, was sie besaßen. Opa war handwerklich sehr geschickt und baute viele Dinge, die in der Landwirtschaft benötigt wurden. Jeden Morgen, wenn die Sonne ihre ersten Strahlen über das Land schickte, fuhr er mit seinem alten, klapprigen Fahrrad durch das Dorf, immer auf der Suche nach Arbeit. Oma baute im Garten Gemüse an und im Herbst wurden zentnerweise Kartoffeln eingekellert.

Sie strickte aus Schafwolle für uns Kinder Pullover und Strümpfe. So lernten wir von klein auf, dass man vieles, was die Natur uns schenkt, verwerten kann. Sie machte uns auf das aufmerksam, worauf es im Leben wirklich ankommt.

Die Sommerferien bei meinen Großeltern gehören zu meinen schönsten Kindheitserinnerungen und ich frage mich – wo sind sie geblieben – die fröhlichen Kinder mit ihren lachenden Augen?

Die Wirklichkeit wird irgendwann zur Erinnerung …

Noch immer esse ich Bratkartoffeln mit Apfelmus für mein Leben gerne, doch hat es nie wieder so gut geschmeckt wie damals in der Küche meiner Großeltern. Den Duft reifer Erdbeeren und den Geruch üppig blühender Rosen habe ich noch heute in der Nase.

Als meine Großeltern starben, ist die Welt um mich herum etwas kälter geworden. Das kleine Haus mit dem verrosteten Gartentor am Rande des Waldes gibt es nicht mehr. Ich gehe die Straße entlang, um nach dem Ort meiner Kindheit zu suchen. Ich finde ihn nicht mehr …

Doch wenn ich meine Augen schließe, träume ich mich zurück in den Sommer meiner Kindheit.

Die Autorin ***Helga Licher*** *schreibt seit Jahren Kolumnen, Artikel und Geschichten für verschiedene Zeitschriften und beteiligt sich gerne an Anthologien. Ihr letzter Roman heißt „Irrlichter und Spökenkieker". In einer beschaulichen Kleinstadt im Osnabrücker Land findet sie Inspiration und fühlt sich dort sehr wohl.*

Endlich am Meer

Lange schon hatte er diesen Augenblick ersehnt. Endlich Urlaub. Die letzten zwei Arbeitstage bis zu diesem Tag, an dem er mit dem beglückenden Gefühl zur Arbeit ging, nochmals so richtig fleißig zu sein, um dann für drei Wochen nur noch mit seiner Frau zusammen zu sein, vergingen wie im Fluge. Dies und das musste unbedingt noch erledigt werden, es vertrug keinen Aufschub während seiner Urlaubszeit. Na gut, legte er eben noch ein Schippchen Fleiß drauf, aber dann heißt es: „Schönen Urlaub und kommen Sie mir gesund und gut erholt wieder."

Seine Frau hatte zu Hause die Koffer weitestgehend gepackt und seine Aufgabe war es, am Abreisetag alles im Auto zu verstauen und das Fahrzeug sicher zum Ziel zu steuern.

Das Reiseziel lag seit Jahren am Meer. Wie immer hatten sie eine kleine Ferienwohnung gemietet. Nicht zu groß, aber doch ausreichend, um die zwei für drei Wochen aufzunehmen. Auch wenn einmal zwei oder drei Regentage in Folge dafür sorgen sollten, dass keine Ausflüge gemacht werden, geschweige die Tage am Strand verbracht werden konnten. Hier konnte man es sich auf der Couch mit einem guten Buch und einer Tasse Tee oder Kaffee gut gehen lassen. Aber an ein derartiges Wetter wollten sie, so wie sie im Auto saßen und das Reiseziel in Kürze erreichen würden, nicht denken.

Nach der Begrüßung durch die Wirtin wurden die Zimmer bezogen, das Nötigste den Koffern entnommen und in die Schränke geräumt. Und dann ... dann gings zum Strand.

Seine Frau lief mit ihrem Mann Hand in Hand langsam auf die *Wasserkante* zu. „Es ist noch da. So wie im vergangenen Jahr", sagte sie.

„Wo sollte es auch sonst sein?", fragte er mit einem spitzbübischen Lächeln. „Weißt du, ich könnte hier stundenlang stehen, mir das Wasser um die Füße spülen lassen und in die Weite schauen. Ich brauche nichts anderes."

Seine Frau schaute ihn an. Sie sah in sein jetzt vollkommen entspanntes Gesicht.

Er könnte vor lauter Freude und Ergriffenheit weinen. „Ich finde es so toll", er musste kurz schlucken, „es ist, als wäre hier die Zeit zwischen unserer Abreise im letzten Jahr und unserer heutigen Ankunft stehen geblieben. Als hätten das Wasser und der Sand darauf gewartet, dass wir wiederkommen." Er nahm seine Frau in die Arme und drückte ihr einen liebevollen Kuss auf die Stirn.

„Es scheint so zu sein", bestätigte ihm seine Frau. „Jede einzelne Welle, die im Augenblick anspült und dabei ganz zaghaft unsere nackten Füße umspült, begrüßt uns mit einem zaghaften Kuss und heißt uns herzlich willkommen. Jede einzelne Welle wird von der großen, tiefen Wassermenge der See nach vorne zum Ufer geschickt, um uns mitzuteilen: Herzlich willkommen."

Beide blicken zu ihren umspülten Füßen.

„Und während des Jahres unserer Abwesenheit von dieser Stelle hatten die anlandenden Wellen immer geschaut: Na, sind sie wieder da? Und da sie uns hier am Strand nicht haben stehen sehen, haben sie sich immer wieder zurückgezogen, um nach kurzer Zeit erneut zu schauen. Sie haben nicht aufgegeben. Ein Jahr lang nicht aufgegeben, bis wir heute wieder da sind. Ist das nicht ein Wunder?"

„Ja, ein Wunder. Bei alledem, was sich heutzutage in Politik, Wirtschaft und Sonstigem ereignet, ist es ein riesengroßes Wunder."

Sie blieben einen Augenblick schweigend nebeneinander stehen, nur auf das Wasser schauend.

„Und das Unfassbare für mich ist ja, dass diese Wellen auch schon angelandet sind, als unsere Eltern, Großeltern, Urgroßeltern und, und, und ... gelebt und vielleicht hier gestanden hatten. Sie alle wurden von dem Naturereignis *Wellen des Meeres* beeindruckt", sagte er leise, als wolle er die leichten Wellen bei ihrer fortwährenden Begrüßungszeremonie nicht stören.

Nach einer halben Stunde der Begrüßung und Bewunderung dieses Naturwunders Wellen und Meer machten sie sich auf den Weg zur Ferienwohnung.

An diesen ersten Aufenthalt am Wasser wird er das ganze Jahr über an seinem Arbeitsplatz denken. Und wenn ihm dann an manchen Tagen die Arbeit über den Kopf zu wachsen scheint, denkt er mit einem leichten Lächeln an die Wellen des Meeres, die ihm zuzuflüstern scheinen: „Es ist schön, dass du wieder da bist. Wir sind auch da. Für euch. Für dich."

Charlie Hagist *wurde 1947 in Berlin-Steglitz geboren. Nach Grund- und Oberschule absolvierte er eine Ausbildung zum Bankkaufmann. Während seiner Tätigkeit in der Personalabteilung des Hauses bildete er sich zusätzlich zum Personalfachkaufmann (IHK) weiter. Ehrenamtlich war er als Richter am Amtsgericht Berlin-Tiergarten, am Sozialgericht Berlin und danach am Landessozialgericht Berlin tätig. Charlie Hagist ist verheiratet, hat einen Sohn.*

Ich liebe den Sommer

Ich liebe den Sommer
die Tage am Strand
den Blick auf das Meer
das Eis in der Hand

Ich spüre die Sonne
auf meinem Gesicht
Ich liebe das Wasser
das helle Licht

Salz in der Luft
Wind in den Haaren
Nachher noch schnell
mit dem Tretboot fahren

Grillen sie singen
in lauer Nacht
das hat allein
der Sommer gemacht

Sommer macht glücklich
man fühlt sich so frei
man wünschst sich so sehnlich
er ginge niemals vorbei ...

Dörte Müller, *geboren 1967, schreibt und illustriert Kinderbücher. Sie liebt den Sommer und den Urlaub am Strand in Zeeland mit ihrer Familie.*

Sommer 77

Ich befand mich gerade, arbeitstechnisch betrachtet, in einer gewissen Ruhephase. Ich war aus dem Kieler Studentenleben (VWL) erst einmal wieder zurückgekehrt nach Oldenburg in die elterliche Wohnung, wo ich allerdings noch über mein separat gelegenes Jugendzimmer unterm Dach und vor allem außerdem der restlichen Wohnräume verfügte, wodurch, in meinem fortgeschrittenen Alter, das gemeinsame Wohnen überhaupt erst denkbar war.

Zu der Zeit war ich stolzer Besitzer eines Motorrades, einer silbernen, ein Jahr zuvor neu erworbenen 250er Yamaha und meine Großeltern väterlicherseits waren auf der Insel Fehmarn, rund 20 Kilometer nördlich von Oldenburg gelegen, Besitzer eines kleinen Häuschens an der Ostsee. Dieses Häuschen glich zwar eher einem zu groß geratenen, grauen Schuhkarton, doch der stand nur 20 bis 30 Meter entfernt vom Strand. Dort stellte ich gern meine Schuhe hinein.

Von einer kleinen Siedlung, in welcher sich früher ein Fähranleger befand, führte eine schmale Sandstraße, rechtsseitig begleitet von einem Baum-, Busch- und Dünenstreifen, hinaus, um nach einer kleinen Wegstrecke zur Linken auf eine Häuserreihe von acht bis zehn Einfamilienhäuschen zu treffen. Gleich beim ersten handelte es sich um das großelterliche.

Von dieser Sandstraße aus führte direkt vorm Haus ein Trampelpfad durch den Grünstreifen an den Strand. Fremde sah ich nie diesen Pfad benutzen. Sie dachten wohl, es handele sich um ein Privatgrundstück. Man war dort auch relativ separat für sich, nur dass diese *Mansarde* unter freiem Himmel lag.

So zog es mich den Sommer 77 recht häufig auf die Insel, einmal sogar, um dort in den Dünen mein Motorrad zu putzen, doch meistens legte ich mich lieber an den wenig frequentierten Strand. Ein paar Nachbarn, auf Abstand, ein paar am Meeressaum spazierende Touristen. Ich nahm mir etwas Strandlektüre mit, mal die amüsanten Kurzgeschichten von Ephraim Kishon, mal das *Große Heinz Erhardt Buch*.

Schon die vormittägliche Anfahrt durch die sommerliche Landschaft Nordostholsteins war luftig erfrischend und entfachte jenes besondere Gefühl von Sommer. Dann die Fahrt über die mächtige Fehmarn-Sund-Brücke, tief unten glitzerte die Ostsee im Sonnenlicht, die Sonneninsel voraus.

Mein Strandabschnitt war, wie gesagt, relativ menschenleer. Ich las oder schaute übers Meer. Zur Rechten in Sichtweite die Sundbrücke, gegenüber in ein bis drei Kilometer Entfernung das sogenannte Festland, denn auch eine Insel ist selbstverständlich Festland, sonst wäre ich damals wohl samt Insel nach Dänemark abgetrieben worden, auch nicht schlecht. Und zur Linken der Blick in die offene Ostsee. Ein paar Motorboote, Segelschiffe, kleine Küstenmotorschiffe und hier und dort ein paar im Wasser planschende und schreiende Badegäste.

Die Großeltern starben viele Jahre später nacheinander, meine Eltern, mein Vater einziger Sohn der Großeltern, erbten das Häuschen. Doch mit dem Haus waren viele, vor allem finanzielle Probleme verbunden und so verkauften meine Eltern das Haus – und zurecht, denn mittlerweile war ein Deich mitten in den Dünenstreifen gebaut worden und versperrt somit den direkten Meeresblick vom Haus aus.

Aber im Prinzip wäre das ein hübsches, kleines Schriftsteller-Häuschen, mit viel *Aber*, gewesen.

In einer noch unveröffentlichten Erzählung von mir dient mir diese Kulisse aus Insel, Brücke, Häuschen, Strand und Meer als Vorlage. Ihr Titel: *Strand der Künstler*.

Gerald Marten, *1955 geboren, Oldenburg in Holstein – Kiel – Oldenburg. Veröffentlicht seit 2001 Kurzgeschichten, Kurztexte, Gedichte, Aphorismen verschiedenster Inhalte. Zudem erschien 2002 ein satirischer Roman sowie das Büchlein „martenart – Autobiografisches in Phantastik und Wirklichkeit“, 2024.*

Altweibersommer hui, Hochsommer pfui

Dieser Sommer war wieder viel zu heiß.
Unter der Hitze litt auch scharenweis'
der ganze Freundes- und Bekanntenkreis –
vom Baby bis zum Greis.

Wir mussten alle schwitzen
von den Haar- bis zu den Zehenspitzen.
Viele sah man nur apathisch herumsitzen
und ihren Schweiß verspritzen.

Schön ist jedoch der Sommer der alten Weiber.
Denn ihn lieben nicht nur Lyrikschreiber,
sondern auch Abschreiber, Steuereintreiber,
Übertreiber – und sogar Teufelsaustreiber.

Hermann Bauer, *geboren 1951, lebt in seiner Geburtsstadt München. Seit 1988 Veröffentlichungen von Kurzgeschichten, Reisereportagen, Märchen und Lyrik in Büchern, Anthologien, Zeitschriften, Zeitungen und Kalendern in Deutschland, Österreich, der Schweiz, Frankreich und als Übersetzung in Vietnam. Seit 2014 schreibt er auch Theaterstücke. Tritt gelegentlich auch als Kabarettist und Gospelsänger auf. www.shen-bauer.de*

Der Lieblingsplatz meiner Kindheit

Kleingärten boomen – seit Langem schon! Als wir in den Siebzigerjahren das kleine Gartengrundstück am Stadtrand gepachtet hatten, verbrachten wir jede freie Minute im Grünen. Schnell wurde der Garten zu meinem absoluten Lieblingsplatz.

Im vorderen Teil legte mein Vater ein großes, umzäuntes Gemüsebeet an. Unter seinen fachmännischen Händen wuchsen beachtliche Mengen an Buschbohnen, Salaten, Tomaten, Wirsing und Kohl heran, die zu Hause ganze Badewannen füllten. Insbesondere die Kohlköpfe entwickelten sich mitunter zu wahren Monsterexemplaren. Meine Mutter verstand es prächtig, sie zu schmackhaften Gerichten zu verarbeiten.

Die Spielwiese im hinteren Teil des Gartens war hingegen fest in Kinderhand. Hier spielten Lukas, Gabriel und ich Federball, Verstecken und Blinde Kuh. Hier feierten wir fröhliche Kindergeburtstage, erledigten Hausaufgaben, lasen *Asterix und Obelix* oder stritten uns um die Hängematte.

Den Kirschbaum hatten bereits unsere Vorgänger gepflanzt, er brachte den nötigen Schatten – und zentnerweise Obst! Ich liebte es, von den dunkelroten Kirschen zu naschen, sie waren zuckersüß und schmeckten herrlich nach Sommer! Meine Mutter kochte jede Menge Marmelade, Säfte und Gelee ein.

Auch die wild gewachsene Brombeerhecke, die im Winter nur ein Gerippe aus dornigen Ästen war, brachte im Juli und August Beeren in Hülle und Fülle. Wir Kinder naschten sie vom Strauch weg, während unsere Mutter sie zum Einkochen oder als Kuchenbelag verwendete.

Die verwitterte alte Gartenlaube, die sich in unmittelbarer Nähe des Kirschbaums befand, war der absolute Clou: Sie war unterkellert und diente hervorragend als Kühlschrank. Mithilfe einer Leiter gelangten wir durch die Bodenöffnung in den dunklen Kellerraum, wo wir stets ausreichend Mineralwasser, Saft und Kuchen lagerten.

Oft sah ich in den wolkenlosen Himmel, wenn ich mit Lukas oder Gabriel Federball spielte. Manchmal landete die Feder hoch oben im Kirschbaum. Mit dem Schläger mussten wir alle unsere Wurfkünste anwenden, um den Ball wieder hinunterzubefördern.

Viele Jahre später war ich selbst Mutter: Unser Neugeborener lag auf der bunten Krabbeldecke mitten auf der Wiese – und auch er fühlte sich im Schatten des Kirschbaums sichtlich wohl. Später erklärte mein Vater ihm die Gemüseanzucht und meine Mutter spielte mit ihm Federball.

Jahre vergingen. Als die Gemeinde die Gartengrundstücke als Neubausiedlung nutzen wollte, ging unsere Gartenära zu Ende. Wehmütig lasen wir das Werbeplakat der Baufirma: *Hier entstehen Mehrfamilienhäuser ...*

Bis heute verbinde ich den Lieblingsplatz meiner Kindheit mit unbeschwerten Sommertagen und Leben pur!

Ulrike Müller *wurde 1964 geboren, ist verheiratet, vierfache Mutter, ausgebildete Bürokauffrau und wohnt mit ihrer Familie nahe Baden-Baden. Ihre Hobbys: Lesen, Nähen, Clownerie und Schreiben von Kurzgeschichten und Gedichten im eigenen Garten.*

Sommergefühle

Endlich ist Sommer – keine Frage –
durchweg heiß sind Sommertage,
denn strahlend helles Sonnenlicht
die Wolkendecke gern durchbricht.

Gärten zeigen ihrer Blumen Pracht.
Glühwürmchen tanzen in der Nacht
und des Vollmondes blasser Schein
lädt zum Sitzen auf dem Balkon ein.

Grillen zirpen zu der Vögel Gesang,
viel nackte Haut den Sommer lang,
im Freibad sich bei Hitze abkühlen
oder ein Eis genießen im Schwülen!

Die Katzen im Dorf gehen auf Tour.
Egal ist ihnen, was anzeigt die Uhr.
Die Bettdecke wird öfter umgedreht,
weil die Hitze in den Zimmern steht.

Wir genießen schöne Sommertage,
manchmal trotz der Schnakenplage.
Ein kühles Helles, ein Glas Wein –
So schön kann der Sommer sein!

***Sieglinde Seiler** wurde 1950 in Wolframs-Eschenbach geboren. Sie ist Dipl. Verwaltungswirt (FH) und lebt mit ihrem Ehemann in Crailsheim. Seit ihrer Jugend schreibt sie Gedichte. Später kamen Aphorismen, Märchen und Prosatexte hinzu. Ferner fotografiert sie gerne. Bislang hat sie bereits über 200 Gedichte im Internet und diversen Anthologien veröffentlicht.*

Dieser Ausflug im August

Mit Gitti kann man Pferde stehlen. Sie ist sozusagen mein bester Kumpel. Nach mehreren enttäuschenden Beziehungen haben wir beide beschlossen, erst einmal solo zu bleiben und das Leben in aller Freundschaft zu genießen, wie es gerade kommt.

An diesem schon am Morgen sehr heißen Sonntag holen mich die Glocken der Domkirche aus dem Schlaf. Natürlich habe ich verschlafen. Ich mache kurz Katzenwäsche und ziehe mich schnell an. Da klingelt es auch schon an der Tür. Gitti ist in ihrem neuen Wagen, einem flotten Japaner, vorgefahren, und wir machen uns auf den Weg übern Rhein nach Deidesheim, wo sie uns für eine Weinprobe angemeldet hat.

Wir finden den Winzerhof auf Anhieb. Ein buntes Schild weist uns den Weg zum Weinkeller, einem großen Sandsteingewölbe, dessen feuchte Kühle uns nach der Hitze, die draußen herrscht, sehr willkommen ist.

Wir gehören zu den Nachzüglern. Die meisten Plätze um den großen Eichentisch sind schon besetzt. Kurz entschlossen klemmen wir uns auf die Eckbank neben ein älteres Paar, das sich lautstark in pfälzischem Dialekt zankt.

„Heit trinkschd awa ned so viel wie letschdes Mol“, sagt die Frau gerade.

Wir grüßen freundlich und sie verstummt.

Die Probierstube ist urig. Die gekalkten Wände sind mit ulkigen, aus Wurzelholz geschnitzten Fratzen geschmückt. Von der Decke hängen historische Weinbauutensilien. Aus verborgenen Lautsprechern ertönt leise Stimmungsmusik.

Als der Winzer mit seiner speckigen Lederschürze eintritt, gibt es ein lautes Hallo. Er schaut in die Runde und begrüßt uns fröhlich mit dröhnender Bassstimme. Dann verteilt er die Probegläschen mit dem Wappen des Weinguts. Er wählt eine Weinflasche aus dem Sortiment, das schon bereitsteht, preist ihren Inhalt an und schenkt dabei aus. Alle heben die Gläser zum Mund und lassen den Geschmack des Rieslings auf sich wirken. Wie die meisten am Tisch spucke ich den Wein dann nicht in eines der bereitgestellten Eimerchen, sondern schlucke ihn hinunter. Genauso verfahre ich mit etwa zwanzig Proben, die danach kommen. Gitti als Chauffeuse hält sich zurück.

Die Gesellschaft wird immer lustiger. Der Winzer stellt die Musik lauter und wir singen einige Gassenhauer, während wir uns noch ein paar gute Tropfen gönnen. Mit der inoffiziellen Hymne begabter Trinker *Palzwoi als in mich noi* endet dann die Veranstaltung. Ich kaufe eine Kiste Grauburgunder.

Singen macht hungrig. Ich lade Gitti zum Essen ein und schon bald sitzen wir in einem gemütlichen Traditionslokal und lassen uns Fleeschknepp mit Meerrettichsoß munden. Dazu schlürfe ich zwei Viertel Blanc de Noir.

Später auf der Heimfahrt hänge ich wie Watte im Gurt. Der Wein und das warme Wetter haben mich träge gemacht. Selbst zum Reden bin ich zu faul, weshalb Gitti die Konversation überwiegend allein bestreitet. Und was für kluge Dinge sie sagt! Ich könnte ihr stundenlang zuhören und sie dabei unentwegt anschauen. Wie schön sie auf einmal ist, wie bezaubernd ihr Lächeln. Ich lasse meine Gedanken treiben, bis Gitti vor meiner Wohnung anhält. Sie möchte nicht mit hochkommen, also schnappe ich mir meine Weinkiste und gebe brav Küsschen zum Abschied. Müde betrete ich das Treppenhaus. Im zweiten Stock begegnet mir Klausi, der Nachbarsjunge.

„Hast du meine Schildkröte gesehen?“, fragt er grußlos.

„Nee, du! Ist sie dir weggelaufen?“

„Schildkröten laufen nicht“, meint er altklug. „Sie gehen. Ganz langsam. Und meine erst recht, weil sie nur drei Beine hat.“

„Ach, das tut mir aber leid. Hatte sie einen Unfall?“

„Weiß ich nicht. Papa hat sie so gekauft. Zum halben Preis, hat er gesagt. Aber ich muss jetzt weitersuchen. Es gibt bald Abendessen.“

„Viel Glück dabei!“

Ich will schon hoch in die dritte Etage, da ruft er mir noch hinterher: „Wenn du sie findest, dann sag ihr, sie soll sofort nach Hause kommen, sonst kann sie was erleben.“

„Gemacht“, verspreche ich, ohne mich noch einmal umzudrehen.

In meinem Wohnzimmer stelle ich die Weinkiste auf dem Tisch vorm Sofa ab und lasse mich in die Polster fallen.

„Nur ein paar Minuten", denke ich, während mir schon die Augen zufallen. Als ich sie wieder öffne, ist es schon dunkel draußen. Irgendetwas hat mich geweckt, doch ich weiß nicht mehr was. Gähnend mache ich das Lämpchen auf dem Beistelltisch an und sehe doch tatsächlich eine Schildkröte auf dem Teppich vor meinen Füßen. Es muss die von Klausi sein, denn ihr linkes Hinterbein fehlt.

„Da bist du ja", spreche ich sie an. „Nach dir wird schon gefahndet."

„Hallo erst mal", erwidert sie. „Soll er doch suchen, der Lausebengel. Ich brauche auch meine Auszeiten. Oder hättest du Bock, den ganzen Tag als dreibeiniges Spielzeug durch Haus und Garten gescheucht zu werden."

„Das sehe ich ein", stimme ich zu, denn das Argument der Schildkröte greift. Klausi ist wirklich hyperaktiv. „Aber sag mal, was ist denn mit deinem Bein passiert?"

„Da hat mich mal eine Krähe erwischt, als ich noch klein war. Ich konnte ihr damals entkommen, aber das Bein hat sie mitgehen lassen."

„Traumatisches Erlebnis, was?"

„Schnee von gestern. Ich komme klar. Man muss sein Schicksal halt annehmen." Sie grinst mich schelmisch an und ergänzt: „Deines ist wohl die Gitti, nicht wahr?"

Mein Mund ist ganz trocken. Ich reiße die Weinkiste auf und hole eine Flasche heraus. Sie hat zum Glück einen Schraubverschluss, sodass ich sie sofort öffnen und einen langen Schluck nehmen kann.

„He, trinkst du immer allein", beschwert sich die Schildkröte.

„Was solls", denke ich, fülle den unbenutzten Aschenbecher mit Grauburgunder und stelle ihn vor ihr hin.

„Das mit Gitti siehst du falsch", nehme ich das Gespräch wieder auf. „Wir sind wirklich nur gute Kumpel. Wir kämen nie …"

„Quatsch", fährt die Schildkröte dazwischen und hebt den Kopf. „Du machst dir was vor. Natürlich liebst du sie. Ich kann dir nur raten, sag's ihr. Jetzt oder nie! So, jetzt schenke noch mal nach. Dann werde ich dir was über Frauen erzählen."

In der Tat, der Aschenbecher ist leer getrunken. Ich fülle ihn großzügig mit Wein und fordere sie auf: „Jetzt erzähl schon!"

Am Morgen strahlt mir brutal die Sonne ins Gesicht. Ich liege voll bekleidet auf dem Bett. Sogar die Schuhe habe ich noch an. Mein

Schädel brummt und ich kann mich beim besten Willen nicht erinnern, wie ich es ins Schlafzimmer geschafft habe. Vorsichtig schleppe ich mich ins Bad, derweil ich versuche, mich an den gestrigen Abend zu erinnern.

Mann, muss ich besoffen gewesen sein! Da habe ich doch wirklich geträumt, ich hätte mit einer Schildkröte gezecht. Was der Alkohol aus einem Menschen machen kann! Ich schaue in den Spiegel und schäme mich fast vor mir selbst, kann aber ein albernes Kichern kaum unterbinden. Die soff wie ein Loch, erinnere ich den Traum. Und Storys hatte die drauf! Ich habe mich fast wund gelacht, aber ich könnte nicht eine davon nacherzählen.

Im Wohnzimmer stinkt es nach Wein. Vier leere Flaschen stehen neben dem Sofa. „Komasäufer“, schelte ich mich selbst, während ich mich ächzend bücke, um den Aschenbecher aufzuheben, den ich wohl im Suff vom Tisch gewischt habe.

Heute reize ich die Vertrauensarbeitszeit gnadenlos aus, beschließe ich. Jetzt brauche ich erst einmal ein halbes Dutzend Espressi und Aspirin.

Die Rosskur hilft. Gegen neun Uhr setzt meine Wiedermenschwerdung ein, um zehn mache ich mich auf den Weg ins Büro. Als ich aus dem Haus trete, treffe ich auf Klausi, der mit seiner Schildkröte im Vorgarten spielt.

„Schön! Du hast sie ja wiedergefunden“, gratuliere ich ihm.

„Von wegen! Sie saß heute Morgen schnarchend vor der Wohnungstür. Und nach Alkohol hat sie gestunken!“

Ich sehe hinunter zu der Schildkröte – und sie lächelt mich an. Ich schaue genauer hin – und sie zwinkert mir zu.

Verwirrt mache ich mich auf den Weg zu meinem Auto. Dieses Tier ist mir nicht ganz geheuer. Um auf andere Gedanken zu kommen, nehme ich mir vor, vom Büro aus gleich Gitti anzurufen. Vielleicht können wir uns in der Mittagspause treffen. Irgendwie habe ich plötzlich ganz große Sehnsucht nach ihr.

Helmut Blepp, *1959 in Mannheim geboren, Studium Germanistik und Politische Wissenschaften, selbstständig als Trainer und Berater für arbeitsrechtliche Fragen; lebt mit seiner Frau in Lampertheim an der hessischen Bergstraße; Veröffentlichungen: vier Gedichtbände; zahlreiche Veröffentlichungen in Zeitschriften und Anthologien.*

Wir sind der erste Traum in einer heißen Sommernacht

Wir haben keinen Namen.
Wir sind ein Traum aus dem ewigen Sternenraum.
Wir haben keinen Namen.
Wir sind der erste Traum in einer heißen Sommernacht,
der in einem Gewitter am weit entfernten Horizont
verloren geht.
Wir sind der erste Traum in einer kalten, langen Winternacht,
der für die Liebe steht.
Wir haben keinen Namen.
Wir sind ein Traum aus dem ewigen Sternenraum.

Susanne Ulrike Maria Albrecht, *geboren 1967, hat bereits zahlreiche Werke veröffentlicht und wurde mehrfach ausgezeichnet. Beim vierten internationalen Wettbewerb „Märchen heute" belegte sie den ersten Platz.*

Am Horizont der Gefühle

Emma lehnte sich aus ihrem Fenster und blickte hinaus auf den blauen Ozean. Der Wind ließ die Vorhänge tanzen, während die Sonne das Meer in ein Diamantenglitzern hüllte. Die Wellen rollten sanft an den Strand und zogen sich dann wieder zurück. Heute war ihr erster Tag in einem ruhigen Sommerrefugium, fernab der Hektik der Großstadt. Sie hatte ihren stressigen, aber gut bezahlten Job aufgegeben, um sich eine Auszeit zu gönnen und das Leben intensiver zu spüren.

Für den Sommer suchte sie sich das malerische Städtchen aus, in dem einst ihre Großmutter lebte, als Ort der Ruhe und Einfachheit. Dort, umgeben von der Stille des Meeres und der beschaulichen Umgebung, begab sich Emma auf die Reise der Selbstfindung. Beim Spaziergang durch die Gassen empfand sie ein Gefühl von Vertrautheit, umhüllt von einer leichten Brise und dem salzigen Aroma des Ozeans. Die Sonne wärmte sie und tauchte alles in helles Licht.

Emma war fasziniert von der lebendigen Atmosphäre der lokalen Märkte voller frischer Produkte und handgemachter Waren. Die bunten Stände, die freundlichen Händler und das geschäftige Treiben machten sie glücklich. Sie verbrachte viel Zeit am Strand, wo der weiche Sand und das beruhigende Rauschen der Wellen ihr ein Gefühl von Sicherheit und Frieden gaben. Hier entspannte sie sich in der wärmenden Sonne, umgeben von Meeresklängen und gelegentlichem Kinderlachen oder Möwengeschrei.

Emma genoss ihre Spaziergänge am Hafen, lauschte den Geschichten der Fischer und bewunderte die malerischen Sonnenuntergänge, ein tägliches Geschenk der Ruhe. Beim jährlichen Stadtfest herrschte eine lebendige Atmosphäre: Lichterketten erleuchteten die Piazza, köstliche Düfte und lokale Musik schufen eine energiegeladene Stimmung, in der die Gemeinschaft das Leben feierte.

Emma durchquerte die Menschenmenge und entdeckte einen Stand, der mit farbenfrohen Gemälden und Skulpturen überraschte.

Dort traf sie auf Luca, einen einheimischen Künstler, dessen warmes, ansteckendes Lächeln sie sofort in seinen Bann zog. Mit leuchtenden Augen und lässigem Haar verkörperte er eine Leidenschaft für seine Kunst und das Leben, die Emma tief berührte.

Während sie ins Gespräch kamen, erzählte Luca begeistert von seinem Bestreben, das Wesen des Städtchens und seiner Bewohner in seinen Werken festzuhalten. Lucas Enthusiasmus sprang schnell auf Emma über. Bald sah auch sie das Städtchen durch seine Augen; als einen Ort voller Leben, Farbenpracht und verborgener Schönheiten. In den folgenden Tagen erkundeten die beiden verborgene Gassen mit eindrucksvollen Wandmalereien, besuchten kleine Ateliers anderer Künstler und entdeckten abgeschiedene Plätze am Meer, die mit atemberaubenden Aussichten verzauberten. Sie genossen die Musik der Straßenmusiker, deren Melodien das Herz berührten, und kosteten exotische Speisen auf dem heimischen Markt. Durch Lucas Blickwinkel eröffnete sich Emma eine Welt in einer völlig neuen Dimension.

An einem Abend schlenderten die beiden erneut entspannt durch die kopfsteingepflasterten Gassen, vorbei an farbenfroh bemalten Häusern, während in der Ferne das sanfte Rauschen des Meeres zu hören war. Luca deutete auf ein Haus mit blauen Fensterläden. „Siehst du das Haus dort? Es ist das älteste im ganzen Städtchen. Jeder Winkel hier hat seine eigene Geschichte."

Emma schaute gebannt auf das Haus. „Es ist wunderschön. Hier hat wirklich jeder Ort, jede Gasse etwas zu erzählen."

„Genau das liebe ich so", erwiderte Luca. „An einigen Stellen scheint die Zeit stillzustehen, während sie anderswo unaufhaltsam weiterfließt."

Sie schlenderten weiter und Luca wies auf ein kleines Geschäft. „Das ist mein Lieblingsblumenladen. Die Besitzerin nennt jede Pflanze beim Namen."

Emma lächelte, während sie die bunten Blumen bewunderte. „Du scheinst jeden Winkel hier zu kennen."

„Weißt du, ich finde meine Muse in den unscheinbaren Dingen – in einer verwelkten Blüte, einem verrosteten Gartentor. Es ist die verborgene Schönheit des Alltags, die meine Leinwand zum Leben erweckt. Und du, Emma? Was entfacht das Feuer in deinen Worten?", fragte Luca.

Emma zögerte kurz. „Es sind Augenblicke wie dieser, Luca. Die Stille, die sich in den Lärm des Alltags schleicht. Eine unerwartete Brise, die Gedanken aufweckt, die zu lange geschlummert haben. Es sind diese kleinen Fluchten, die mir Frieden bringen."

Luca nickte verständnisvoll. „Genau das macht diesen Ort magisch. Er lehrt uns, im Hier und Jetzt zu tanzen."

Am Hafen angekommen, wo das Wasser sanft gegen die Kaimauern schwappte, sagte Emma: „Es ist so friedlich hier. Danke, Luca, dass du mir all das zeigst. Es fühlt sich an, als würde ich eine ganz neue Welt entdecken."

Luca lächelte und sah ihr tief in die Augen. „Es freut mich, dir diese Seite des Lebens präsentieren zu können. Durch deine Augen sehe ich all das selbst in einem neuen Licht."

In diesem Moment, umgeben vom leisen Rauschen des Meeres und der Wärme der Sonne, spürte Emma, wie ihre Gefühle für Luca intensiver wurden. Sie erkannte, dass sie sich in ihn verliebte – in seine Weltsicht, seine tiefgründige Art, seine Fröhlichkeit und die Einfachheit seines Daseins.

Von ihrer malerischen Umgebung inspiriert und durch Lucas Einfluss motiviert, entdeckte Emma ihre Leidenschaft für das Schreiben neu. Jeden Abend, zurückgezogen in ihrem gemütlichen Zimmer, verfasste sie Texte über die prachtvollen Sonnenuntergänge, die faszinierenden Menschen, die sie traf, und die verborgenen Geschichten, die alte Gebäude erzählten. In ihren Texten spiegelten sich nicht nur ihre täglichen Erlebnisse, sondern auch die tiefgreifenden inneren Veränderungen wider, die sie durchlebte. Lucas half ihr, die Welt neu zu sehen, und entfachte ihre Kreativität, wodurch sie die alltäglichen Wunder als Inspirationsquelle entdeckte.

In der friedvollen Atmosphäre des Küstenstädtchens entdeckte Emma zunehmend mehr über sich selbst. Die einfache Lebensweise ermöglichte es ihr, in ihre Gedanken und Gefühle einzutauchen. In dieser Umgebung vertiefte sich ihre Zuneigung zu Luca, einem Menschen mit einer tiefen Seele und offenem Herzen. Ihre Gespräche mit ihm, hintergründig und erkenntnisreich, bildeten einen starken Kontrast zu ihrem früheren Leben.

Ihre abendlichen Spaziergänge glichen einem Tanz durch eine verzauberte Welt. Sie wanderten durch die engen Gassen, vorbei an mit Efeu überwucherten Häusern, deren Fenster im sanften Licht der Laternen glühten. Hand in Hand standen Emma und Luca am Strand, umgeben vom sanften Schimmer des Sternenhimmels. Das leise Plätschern der Wellen und die gelegentlichen Rufe einer Nachteule bildeten die Kulisse für die friedvolle Nacht.

Emma blickte nach oben und flüsterte: „Sieh nur, Luca, jeder Stern scheint eine Geschichte zu flüstern. Hier, unter diesem unendlichen Himmel, fühle ich mich, als könnten Ketten des Zweifels endlich brechen."

Luca nickte und drückte ihre Hand. „Sie flüstern uns zu, Emma. Jedes Flackern ist wie ein Versprechen der Natur, dass in der Dunkelheit immer ein Licht leuchtet. Und in deiner Nähe scheint dieses Licht heller."

Emma drehte sich zu ihm, ihre Augen funkelten im Sternenlicht. „Du hast in mir etwas geweckt, Luca. Etwas, das ich lange verloren glaubte. Du hast den Schlüssel zu einem verborgenen Teil meiner Seele gefunden."

„Und du, Emma, hast mir gezeigt, dass echte Schönheit in der Wahrhaftigkeit liegt. Deine Sichtweise, dein Lachen, sie haben Farbe in meine Welt gebracht."

Einen Moment lang herrschte Schweigen, während sie sich tief in die Augen blickten.

Mit zögernder Stimme sagte Emma: „Ich habe noch nie jemanden getroffen, der die Welt so sieht wie du. Luca, ich habe Gefühle für dich entwickelt, stärker, als ich es mir je hätte vorstellen können."

„Emma, das zu hören, bedeutet mir alles", gestand Luca erleichtert. „Ich hätte nie gedacht, dass ich jemanden wie dich treffen würde. Jemanden, der so tief in mein Herz eindringen kann."

Ein Lächeln breitete sich auf Emmas Gesicht aus, ihre Augen glänzten vor Freude. „Ich hatte Angst, es dir zu sagen. Ich wollte nicht, dass dieser wundervolle Sommer endet."

Luca zog sie sanft an sich. „Du hast nichts falsch gemacht, Emma. Tatsächlich hast du alles noch schöner gemacht. Ich liebe dich."

„Ich liebe dich auch, Luca", antwortete Emma, während Freudentränen in ihren Augen glänzten.

Sie umarmten und küssten sich, umgeben von der magischen Stille des Strandes, dem sanften Rauschen der Wellen und unter dem unendlichen Sternenhimmel. In diesem Moment schien die Zeit nur für sie beide stillzustehen.

Das große Sommerfest verwandelte das Küstenstädtchen in ein Meer aus Farben und Lichtern, ein pulsierendes Herz der Gemeinschaft und Lebensfreude. In den Straßen hingen bunte Girlanden und Lampions, die am Abend ein funkelndes Lichtermeer zauberten. Musik schallte aus jeder Ecke, an den Ständen gab es leckere Speisen, und überall spürte man eine aufregende Mischung aus Vorfreude und guter Laune.

Für Emma war dieses Fest etwas ganz Besonderes. Nicht nur wegen der tollen Stimmung, sondern auch, weil sie einen Teil aus ihrem Buch vorlesen durfte. Sie stand auf einer kleinen Bühne mitten im Festtrubel, ihr Herz klopfte vor Aufregung. Mit einer Stimme, die von tiefer Überzeugung und neugewonnener Stärke getragen wurde, sprach Emma: „Guten Abend, liebe Freunde, Einheimische und Gäste unseres wunderschönen Städtchens. Ich möchte heute Abend ein paar Gedanken mit euch teilen, die mir sehr am Herzen liegen. Als ich vor einigen Monaten hier ankam, fühlte ich mich verloren, fast wie ein Schiff ohne Anker. Ich war überwältigt vom Alltagsstress, unsicher, wo mein Lebensweg mich hinführen würde; vielleicht kennt ihr das ja auch. In meiner alten Welt drehte sich alles nur um Arbeit und Pflichten. Aber hier, in diesem kleinen Ort, wo die Zeit langsamer tickt und die Wellen sanft ans Ufer rollen, habe ich meine Ruhe gefunden. Ich habe gelernt, innezuhalten und die kleinen Dinge zu schätzen: ein freundliches Lächeln, die Wärme der Sonne, das Geräusch des Meeres. In uns allen steckt der Wunsch nach echter Verbindung und einem Leben, das wirklich uns gehört. Ich glaube, das verbindet uns alle hier: das Streben nach einem ehrlichen, erfüllten Leben, das unsere eigenen Träume und Hoffnungen widerspiegelt. Ich möchte euch allen danken, dass ihr Teil meiner Reise seid, für eure Herzlichkeit, eure Offenheit und die inspirierenden Geschichten, die ihr mit mir geteilt habt. Ihr habt mir gezeigt, dass das wahre Abenteuer darin besteht, jeden Tag als kostbares Geschenk zu betrachten. Denn das ist es wirklich."

Emma beendete ihre Rede und blickte in die Runde. In diesem zauberhaften Augenblick, umgeben von herzlichem Applaus, schien die Zeit stillzustehen. Emma fühlte sich, als hätte sie einen tiefen, nachhallenden Akkord in den Herzen der Menschen um sie herum getroffen. Ihre Worte hatten eine Brücke gebaut, eine Verbindung, die weit über das hinausging, was sie sich je erträumt hatte.

Als sich ihre Blicke mit Lucas trafen, der am Rande der Menge stand, sah sie in seinem Gesicht nicht nur Stolz, sondern auch tiefe Zuneigung und Anerkennung. Sein liebevolles, warmes Lächeln war für Emma wie ein Leuchtturm in der Dunkelheit, der ihr den Weg wies.

Die Gewissheit und Liebe, die sie in Lucas Augen sah, überwältigte sie. In diesem Moment fühlte Emma, dass ihre Reise sie nicht nur zu sich selbst geführt hatte, sondern auch zu einer Liebe, die tief und echt war.

Als der Beifall abebbte, ließ Emma den Blick über die Menge schweifen, ihre Augen füllten sich mit Tränen der Dankbarkeit. Sie wusste nun, dass ihr Platz nicht in der hektischen Welt lag, die sie hinter sich gelassen hatte, sondern hier, in diesem friedvollen Städtchen, an der Seite von Luca. Mit einem strahlenden Lächeln traf sie ihre Entscheidung: Sie würde bleiben und ein neues Kapitel in ihrem Leben aufschlagen.

Volker Liebelt, *geboren 1966, lebt in dem malerischen Öhringen, einer Stadt, die sowohl seine Inspiration als auch sein Zuhause ist. Sein Schreibstil zeichnet sich durch die Fähigkeit aus, lebendige Bilder und tiefgehende Emotionen zu erzeugen, die die Leser unmittelbar in die Handlung eintauchen lassen. In seiner aktuellen Erzählung verwebt er die Schönheit der Landschaft mit der Komplexität zwischenmenschlicher Beziehungen, um eine fesselnde Geschichte voller Emotionen und atmosphärischer Beschreibungen zu schaffen.*

Der Sommer

Manchmal klingt der Sommer nur sehr leise
Ruht sich aus auf seiner großen Reise
Lauscht im Schatten träumend jenen Weisen
Die betörend schön Unendliches verheißen
Dieses Innehalten im Pulsschlag Vollendung
Schenkt ewiges Wissen her vom Kreislauf
Wiederkehr und Wendung
Manchmal klingt der Sommer nur sehr leise
Hör gut zu. Seine Melodie singt weise

Ingeborg Henrichs, *zuhause in Ostwestfalen. Verfasst meistens kürzere Texte. Schätzt das Schöne und Nützliche in Natur und Kultur. Einige Veröffentlichungen, gelegentlich bildnerische Arbeiten.*

Ein Sommertag

Mit dem Sonnenaufgang aufgewacht
betritt ein neuer Sommertag die Bühne.
Die Sonne wirft ihm ein Lächeln zu.
Er blinzelt zurück, verzieht keine Miene.

Der Sommertag träumt vielmehr noch
mit nebelig trübem, verschlafenem Blick.
Es dauert vielmehr eine geraume Zeit,
bis er der Sonne Morgengruß gibt zurück.

Dann allerdings kennt er kein Halten
und deckt sich mit der Sonnenwärme ein.
In bunten Farben strahlen die Blumen,
fühlen sich wohl im hellen Sonnenschein.

„Zeit zum Abkühlen!“, denkt der Tag.
Ein Gewitter nimmt seine Einladung an.
Während ihm eilig Badende entfliehen,
zieht es den Sommertag in seinen Bann.

Schon geht es dem Abend entgegen.
Der Sommertag gleitet sanft in die Nacht,
wo am Himmel mit seinen Sternen
der Vollmond mit breitem Grinsen wacht.

***Sieglinde Seiler** wurde 1950 in Wolframs-Eschenbach geboren. Sie ist Dipl. Verwaltungswirt (FH) und lebt mit ihrem Ehemann in Crailsheim. Seit ihrer Jugend schreibt sie Gedichte. Später kamen Aphorismen, Märchen und Prosatexte hinzu. Ferner fotografiert sie gerne. Bislang hat sie bereits über 200 Gedichte veröffentlicht.*

Am Ende des Alleinseins

Das ging seit Tagen so: Stani starrte gegen die biedere Tapete und dachte: „Keine Stunde länger kann ich in meinem tristen Zimmer verbringen."

Noch im Sterbebett hatte Stanis Mutter unaufhörlich ihren Wunsch an ihn geäußert: „Leb' deine Träume, mein Stani, denn am Ende bereust du, wenn du deinen Weg nicht gegangen bist."

Jetzt stand dieser, bis zuletzt von ihr so deutlich ausgesprochene Satz wie ein Mahnmal vor ihm.

„Ich will mein Leben nicht versäumen. Ich muss aufbrechen. Losziehen. Sofort. Das bin ich Mutter schuldig." Der clevere, sensible Junge stand gerade an der Schwelle zum Erwachsenwerden. Er hätte so oft noch dringend ihren Rat gebraucht.

Sein lausiger Kunstlederkoffer stand gepackt mit dem Allernötigsten in der Ecke neben dem Nachttisch. Wenn er aufbrechen würde, dann nach Italien, dann zu Ignazio, das war klar.

Dass er während der Reise auf sich allein gestellt sein würde, war noch bis vor Tagen ein ihn hemmendes Argument. Den Hemmschuh hatte er jetzt abgelegt. Er wollte weg. Es drängte Stani in den Süden.

Also sprang Stani von seinem Drehstuhl auf, ergriff das Gepäck und sein selbst gebasteltes, im Schrank verstautes Pappschild mit der Aufschrift *Milano*. Energiegeladen trat er über den Korridor in die Küche. Mit einer Dynamik, die Vater Winfried bislang von ihm nicht kannte, sah der ihn eintreten. Ab und zu hatte sein Sohn Stani Fernweh bekundet, doch ernst genug hatte der Vater dessen Absicht nie genommen. Stani warf ihm den schwer verdaulichen Brocken hin: „Hättest du was dagegen, wenn ich heute noch losfahre, meinen Urlaubsfreund Ignazio in Mailand aufsuche?"

Der Vater würgte an einem Bissen Brot mit Marmelade, fing sich aber postwendend und entgegnete Stani dann: „Ohne Führerschein willst du bis nach Italien kommen?"

„Einem Minderjährigen wie mir bleibt am Ende gar nichts anderes übrig, als zu trampen."

Seine Entschlossenheit beängstigte Winfried, doch allmählich musste Stani flügge werden, dazu gab es keine Alternative. Der Vater nippte an seinem lauwarmen Kaffee, an dieser faden Plörre. Er wurde ganz ruhig. Und urplötzlich schüttelte es ihn. Der gestandene Mann weinte und weinte.

Der Anblick seines weinenden Vaters berührte Stani. Er hatte damit zu tun, seine eigenen Tränen zu verdrücken.

Alles in Winfried schrie nach einem Veto. Die Äußerung seiner Frau Hannah im Totenbett hatte er jedoch nicht vergessen. Etwas stockend sagte er deshalb: „Wer bin ich, dass ich dir deinen Traum verbieten darf? Pass auf dich auf, vertrau keinem Fremden und komm wieder heil nach Hause. Hältst du dich daran? Versprichst du mir das?"

„Abgemacht!"

Schon einige Minuten danach war Stani aufgebrochen. Bald hielt er sein Pappschild mit der Aufschrift *Milano* den Autofahrern an der nächstgelegenen Bundesstraße entgegen. Niemand hielt an. Manche hupten ohne ersichtlichen Grund. Hinzu kam ein schroffer Ostwind. Er wehte unerbittlich, kühlte Stani bis in die Knochen aus.

Endlich fuhr ein angejahrter, von Rostbeulen übersäter Skoda in die Parkbucht ein und befreite ihn aus seinem unwirtlichen Zustand. Eine offenbar erkältungsbedingt heisere Dame, die sich als Elke vorstellte und seiner Mutter zum Verwechseln ähnlich sah, nahm ihn mit. Sie hatte in etwa deren Alter und vergleichbare Gesichtsproportionen. Seine Siebensachen auf der Rückbank verstaut, den Gurt angelegt, startete der Motor und sie flogen an den Leitplanken der Staatsstraßen vorbei, passierten dann und wann Wälder, hörten Musik, die Stani nicht gefiel, die er sich aber noch weniger umzuschalten getraute.

Stani berichtete in Gegenwart jener vielschichtigen Impressionen beiläufig darüber, wie er Ignazio vor Jahren in einem Hotel auf Sardinien kennengelernt hatte.

Elke stutzte, als Stani davon erzählte, dass er mit Ignazio an jedem Urlaubstag in den Tanzworkshop gegangen war, sie die einzigen männlichen Teenager waren, die daran teilgenommen hatten.

„Wie hast du herausbekommen, wo er wohnt? Ich meine, Mailand ist nicht die kleinste Stadt, sie hat viele Anschriften", fragte Elke und teilte sogleich mit, dass für sie der Abstecher in die lombardische Metropole kein Problem sei, da sie ohnehin nach Turin müsse.

Nach ausgiebiger Würdigung von Elkes Mitnahmebereitschaft sagte Stani: „Ich habe mich frühzeitig bei Ignazio selbst nach seinem Nachnamen erkundigt. Er heißt Bernardi. Leider habe ich ihn damals nicht direkt nach der Telefonnummer gefragt."

In Mailand gab es tatsächlich viele Bernardis. Über dreißig an der Zahl. Etwa zehn Bernardis hatte Stani angeklingelt, bis ihm jemand versicherte, er sei Ignazios Vater. Über den Urlaub, das Hotel und das Amüsement im Tanzstudio konnte Ignazio, den sein Vater augenblicklich ans Telefon geholt hatte, Stück für Stück eine Verbindung herstellen.

„Und dann habt ihr euch verabredet?", fragte Elke.

„Wir haben E-Mail-Adressen ausgetauscht und uns anfangs nur hin und wieder Nachrichten geschickt."

Verschneite Gipfel ragten jenseits der Autobahn auf. Im Fahrzeug stockte die trockene Heizungswärme. Ein Kruzifix pendelte unermüdlich am Rückspiegel. Einsetzender Niesel benetzte die Frontscheibe. Es genügte der gemächlichste Modus des Scheibenwischers, dessen Bewegungen Stani aufmerksam verfolgte, um die Tropfen zu beseitigen.

„Hoffentlich erkennen wir uns noch", sagte Stani während einer Pause am Rastplatz.

Elke sah ihn durchdringend an. Sie erkannte in Stani ihren verlorenen Sohn Stefan, der dem Drogenmilieu verfallen war.

Am Brenner gab es keine Wartezeit. Sie erreichten Südtirol bei klarem Himmel, kamen an Trient vorbei und fuhren beträchtliche Küstenkilometer am Gardasee entlang. In Brescia tankte Elke noch einmal voll.

Am Zielort kurbelte Stani das Fenster runter, fasste in die Mailänder Luft hinaus und jubelte: „Juhu, wir sind da und es hat noch angenehme Temperaturen."

Sie kurvten quer durch zentrale Gebiete, schlängelten sich durch verwundene Gassen, erreichten Siedlungen mit niedrigen Gebäuden und zu vielen Einbahnstraßen, warteten an unzähligen Ampeln und wurden kontinuierlich von zu dicht auffahrenden Rollern bedrängt.

Wie aus dem Nichts stellte Elke fest: „Mein Navi braucht dringend ein Update. Es führt uns auf Irrwege. Die Anschrift befindet sich in Baggio. Dieser Bezirk liegt am Ortsrand und wir befinden uns ganz woanders."

Nach einer regelrechten Odyssee durch das für Auswärtige undurchschaubare Straßennetz kamen sie im besagten Viertel zum Stehen. Verfallene Gartenanlagen, nicht weniger heruntergekommene Wohnblöcke. Den klobigen Kästen saßen Fernsehantennen auf. Stacheldrahtzäune mahnten allseitig Privateigentum an. Ein wahrlich sonderbarer Charme prägte diese Gegend. Das also war Baggio, der gewöhnungsbedürftige Stadtteil, in dem Ignazio wohnen sollte.

„Siehst du die Hausnummer?", fragte Stani Elke – zwei Straßen entfernt, wo sich ein anderes Bild bot.

Eine Werkstatt mit heruntergelassenem Rolltor befand sich dort. Ein grüner, sonnenverblichener Panda aus dem vorigen Jahrtausend stand mit platten Reifen davor. Gehörte er den Bernardis?

Stani wagte einen flüchtigen Blick in den Innenhof.

„Hier ist die Zeit stehen geblieben", platzte es aus Elke heraus.

Stani kramte zur Rückversicherung den Zettel mit der notierten Anschrift aus dem Seitenfach seines Koffers und sagte forscher, als er vorhatte: „Da muss er wohnen. Hab Dank, Elke. Ich komme zurecht. Du kannst mich hier alleine zurücklassen. Mach's gut."

Bevor Stani läutete, drückte ihn Elke ein letztes Mal an sich. Der verbindliche Druck ihrer Umarmung ähnelte den Zärtlichkeiten seiner Mutter. „Lebewohl, Stani. Ich werde dich vermissen. Kümmere dich um deinen Freund Ignazio, hörst du!"

Elkes Verabschiedung machte Stani für den Moment betroffen. Doch den Weg, den er begonnen hatte, musste er jetzt fortschreiten. Gewiss hätte es seine Mutter so gewollt.

Elke entfernte sich zögerlich. Sie drehte sich etliche Male nach ihm um. Stani winkte ihr bis zur ersten Abbiegung hinterher.

Auf dem dünnen Stimmungsgrat zwischen Trauer und Zuversicht klingelte Stani bei den Bernardis.

Jemand trabte innen leichtfüßig eine Treppe herunter. Eine Dame mit fast schwarzen Zöpfen, grauen Strähnen und gesenktem Blick erschien an der Tür. Sie rang sich ein „Ciao" ab und fragte anschließend im höflichen Ton: „Cosa posso fare per lei?"

„Ich bin Stani, ich suche Ignazio. Kann ich ihn sprechen?", erwiderte er, weil er zwar ein paar italienische Sätze verstand, jedoch nicht auf Italienisch antworten konnte. Er staunte nicht schlecht, als Frau Bernardi mit einer ausladenden Geste in die Richtung zurück zeigte, wo Elke vorhin geparkt hatte. Vom schmalen Flur drang der Mief feuchter Mauern nach draußen. Im fahlen Licht sah Stani den Putz bröckeln. Während seiner Inspektion schrieb Ignazios Mutter die neue Adresse auf ein zerknittertes Papier und übergab ihm den Fetzen. Ehe Stani weiterziehen konnte, überkam Frau Bernardi ein Sprechanfall, zu dem er fortlaufend nickte, als hätte er sämtliche Einzelheiten verstanden. Hauptsache, er konnte sich möglichst schnell loseisen.

Stani rannte zu dem Wohngebäude: eine Anlage mit labyrinthischem Treppenhaus und verwinkelten Gängen. Auf der Suche des Eingangs zu Ignazios Apartment erblickte er endlich das Türschild: *Ignazio Bernardi.* Ein bärtiger junger Mann mit üppigen Locken, die bis in den Nacken hinabreichten, öffnete schleunigst. Unzweifelhaft war es Ignazio. Küsschen links, Küsschen rechts, ein heiteres Hallo mit ausschweifendem Gelächter.

Zum Abschluss dieser temperamentvollen Begrüßung sagte Stani: „Sorry, dass ich so spontan komme. Ich hatte solche Sehnsucht nach dir, ich wollte dich überraschen. Wie ich sehe, hast du dich kaum verändert."

„Unglaublich, Stani. Ich hätte im Leben nicht gedacht, dass wir uns jemals wieder treffen würden."

Ignazio trug eine modische Jeans mit Löchern an den passenden Stellen. Für sein kariertes Hemd attestierte ihm Stani unausgesprochen einen herausragenden Geschmack.

In Stanis bewundernde Blicke mischte sich Ignazios glockenhelle Stimme hinein: „Trinken wir einen Campari?"

„Lieber wäre mir Sanbitter."

Ignazio ging mit grazilen Schritten hinter die stilvoll beleuchtete Bar aus Milchglas und schenkte ein. Stani schaute sich um. Er entdeckte ein in allen Details aufeinander abgestimmtes Ambiente. Es roch nach Knoblauch und mediterranen Gewürzen. Ein sachter Wind bewegte die halb geschlossene Jalousie.

Mit aufrechtem Körper, ganz so, als wäre seine Wirbelsäule an einer Schnur gespannt, hielt Ignazio das Tablett mit dem Sanbitter voran. Er stellte es schließlich auf dem Beistelltisch ab und fragte den unsicher auf einem Fleck wippenden Stani: „Magst du dich nicht lieber setzen?“ Wie Brüder, die einander lange nicht gesehen hatten, saßen sie nebeneinander auf der Couch.

„Gut, dass du mich nicht gleich wieder rausgeworfen hast, nachdem ich ohne Ankündigung erschienen bin“, sagte Stani.

„Gut, dass dir Mutter meine jetzige Anschrift gegeben hat, sonst wärst du völlig umsonst hergefahren. Ich habe versäumt, dir meinen Umzug mitzuteilen. Das war eine hektische Phase, das kann ich dir sagen“, antwortete Ignazio.

Stunden vergingen. Abgesehen von den Straßenlaternen und einzelnen Lichtquellen war es im Freien stockfinster. Ignazio und Stani waren fortlaufend näher zusammengerutscht … bis sie dicht an dicht hockten.

Ignazio legte seinen Arm auf Stanis Schulter und flüsterte ihm ins Ohr: „Erinnerst du dich? Wir beide, die einzigen Jungs beim Tanz, damals auf Sardinien …“

Stani antwortete mit unübersehbarem Stolz: „Wir waren eben schon früher ein bisschen anders als die anderen.“

Ignazio ergänzte: „… wohl auf eine besondere Art und Weise füreinander bestimmt.“

Stani dachte: „Ignazio spricht aus, was ich denke.“ Und sagte: „Was meinst du, sollen wir demnächst nach Sardinien aufbrechen, nur wir zwei?“

„Per Anhalter?“

„Grandiose Idee, damit hab’ ich mittlerweile Erfahrung.“

***Oliver Fahn** wurde 1980 im oberbayerischen Pfaffenhofen an der Ilm geboren. Der verheiratete Heilerziehungspfleger und ehemalige Langstreckenläufer ist stolzer Vater zweier Jungs. Schreiben ist für ihn die beste Strategie, um Dinge zu ordnen und zu verarbeiten, die im oft so chaotischen Leben geschehen. Fahn verfasst regelmäßig Beiträge für Kulturmagazine und Anthologien. Unter anderem wurden seine Texte bei experimenta, etcetera, ausreißer, von der Stadt St. Pölten und der Friedrich-Naumann-Stiftung veröffentlicht. Zudem beteiligt er sich gemeinsam mit der aus Sofia stammenden Autorin Polina Jäger an literarischen Wettbewerben.*

Sommer meiner Träume

Sommer meiner Träume,
schenke mir deinen Sonnenschein
und hülle mich in die Wärme
deiner strahlend hellen Tage ein.

Sommer meiner Träume,
spanne dein blaues Himmelszelt
mit weißen ziehenden Wolken
über des Sommers blühende Welt.

Sommer meiner Träume,
verzaubere mit Blumen die Natur
und lege auf grüne Wiesen
deiner Wiesenblumen bunte Spur.

Sommer meiner Träume,
erfreue mich mit deinem Rosenduft,
der mit seiner lieblichen Fülle
anreichert die gute Sommerluft.

Sommer meiner Träume,
lass mich deine Schönheit sehen
und uns an lauen Abenden
am Ufer der Jagst spazieren gehen.

Sommer meiner Träume,
es lebe meiner Seele Sommertraum
in einem Rosengarten sitzend
oder unterm schattigen Lindenbaum.

***Sieglinde Seiler** lebt mit ihrem Ehemann in Crailsheim.*

Sommer – Miniaturen

Pure Sinnlichkeit –
sich wiegendes Dünengras
Mond in der Ferne

Möwen
fallen mir ins Wort
spinnen Seemannsgarn

eine Lachmöwe
nimmt mir das Wort aus dem Mund –
kleiner Schelm!

Mitternachtsküste –
wie leicht es sich atmen lässt
in deiner Nähe

auf stillem Wasser
sammeln sich Sterne –
Leinen los!

Mond und Sterne
nachts auf dem Meer gespiegelt –
ich schreibe von dir

Kraft der Sonne
brennend spürbar auf der Haut –
Liebe tief drinnen

auf ihren Lippen
noch Schokoladengeschmack –
er lächelt leise

heißer Wüstenwind
presst sein Gesicht aufs Wasser
wünscht sich Meerkühle

zwischen Tag und Nacht
im Atem der Dämmerung
warmes Bernsteinlicht

durch leere Straßen
zieht eine Hitzewelle –
ich suche Worte

Sommerende –
deine Wärme bleibt
auf meiner Haut

Eva Joan, *geboren 1960 in Augsburg, lebt in Gronau an der Leine. Seit 2001 gab es zahlreiche Veröffentlichungen in Anthologie, Zeitschriften, auf Haiku-Internetseiten und sieben Publikationen im Selbstverlag. Ihre Hobbys sind Lesen, Schreiben, Musik hören, Yoga und Stricken.*

Sommergefühle auf den Kanaren

Bekommt man Sommergefühle nur im Sommer? Oder sind diese auch im Winter möglich? Bei dem richtigen Wetter und dem richtigen Urlaubsort möchte ich persönlich gerne behaupten, dass man Sommergefühle auch zu anderen Jahreszeiten bekommen kann. Hierzu möchte ich euch gerne an meinen Urlaubserlebnissen auf Teneriffa Süd, Los Cristianos, teilhaben lassen. Viel Spaß beim Lesen

In den Vorjahren bin ich häufig zum Wandern nach Mallorca geflogen. Vielleicht erinnert sich der ein oder andere von euch an den letzten Urlaubsbericht? Wenn ja, wäre das schön und für mich als Autorin erfreulich. Von Mallorca habe ich durch Wanderevents genug gesehen. Stand nur die Frage im Raum, wohin als Nächstes? Als Kind konnte ich dank meiner Eltern sehr oft verreisen. Drei bis

vier Mal im Jahr. Das war schon in einer gewissen Art Luxus. Heute schränke ich mich etwas ein, länger zu verreisen. Meistens bin ich an Wochenenden mit meinem Wanderbuddy unterwegs. Aber in den letzten Jahren reizte es, noch einmal die ein oder andere Kanarische Insel aufzusuchen.

Ich erinnere mich leider nur bruchteilhaft an manche Urlaubseindrücke. Erinnert sich irgendeiner von euch an alle Urlaubsreisen in der Kindheit? Oder sind bei euch auch nur schemenhaft Erinnerungen zurückgeblieben? An Teneriffa erinnerte ich mich noch an Fahrten mit einem Mietwagen. Unter anderem sind wir zum Vulkan Teide hochgefahren. Wohl parkten wir einmal auch falsch. Kleiner Tipp für andere unterwegs. Erkundigt euch, bevor ihr in anderen Ländern unterwegs seid, nach den Parkverbotsregeln und den Beschilderungen. Wir haben damals den Fehler gemacht, eine gelbe Markierung nicht als Parkverbot deuten zu können. Als wir vom Einkaufen zurückkamen, war der Wagen weg. Alles zwar regelbar, aber erst einmal ein kleiner Schock im Urlaub, den man nicht unbedingt brauchen konnte.

Auch kann ich mich daran erinnern, dass wir damals auf Teneriffa in einem Hotel mit Appartements untergebracht waren und ich damals meine ersten Erlebnisse mit anderen Sprachen gemacht habe. Ich wollte lediglich einen Hamburger bestellen und merkte dann bei der spanischen Rückantwort, dass ich kein einziges Wort verstand. Als Kind bereitete mir dies leichte Panik, aber Gott sei Dank war der Imbissleiter des Hotels so nett, jemanden zu rufen, der Deutsch konnte. Und so kam das hungrige Kind zum Hamburger.

Ich glaube, weil ich an Teneriffa die meisten Erinnerungen hatte, war dies auch irgendwie ausschlaggebend dafür, dass diese Insel nach Mallorca als nächste im Visier für einen Urlaub stand. Durch Zufall lernte ich über das Fernsehen noch Leute kennen, die in Los Cristianos ein Appartement vermieteten. Besser konnte es eigentlich nicht laufen. Ein Urlaub in einem Ort, in dem man Leute kennen würde, war für mich definitiv verlockend. Ich versprach mir davon andere Hintergründe zu der Ortschaft, der Insel und den Leuten zu bekommen. Und diese Erwartung wurde mehr als übertroffen.

Kaum landeten wir am Flughafen Teneriffa Süd, wurden wir bereits von unseren Bekannten abgeholt und fuhren zusammen in ihrem Wagen zu einem Supermarkt. Aus Rechtsgründen erwähne ich diese namentlich nicht, aber ich verrate so viel, dass es in Los Cristianos Supermärkte gab, die ich aus Deutschland kannte. Es weckte eigentlich auch direkt ein heimisches Gefühl. Ebenfalls die Tatsache, dass wir deutsche Bekannte hatten. Sie erzählten uns bereits am ersten Tag ziemlich viel zu der Gegend. Ich erfuhr unter anderem, warum die Preise beim Einkaufen günstig waren, oder aber auch die Restaurantpreise.

Wir luden unsere Bekannte abends zum Essen ein und bezahlten für vier Personen gerade mal 50 Euro, während ich es daheim gewohnt war, mindestens das Doppelte zu zahlen. Am schlimmsten sind je nachdem immer gewisse Getränke – wie zum Beispiel Roséwein. Aber in Los Cristianos waren auch Roséweinpreise angenehm. Nach dem Essen brachten uns unsere Bekannte zum Appartement. Es war großräumig mit zwei Schlafzimmern, einem Bad, einer Küchenecke, einem Wohnzimmer und Balkon mit Blick auf die Straße. Ein Ausblick auf das Meer oder einen Pool wäre zwar eine traumhafte Abrundung für einen Urlaub gewesen, doch es war für mich und meine Mutter nicht unbedingt ein Muss. Hauptsache, die Unterkunft war gemütlich und groß genug und man war unabhängig von Hotelbuffetzeiten.

Für mich als Wanderin ist es wichtig, dass ich meine Wanderplanungen möglichst unabhängig von Buffetzeiten legen kann, und für meine Mutter ist es auch mittlerweile angenehmer, wenn sie ihre Aufstehzeiten selber im Urlaub bestimmen kann.

Der erste Tag in Los Cristianos ging vom inneren Gefühl für mich noch relativ langsam vorbei. So war es meistens bei mir. Die ersten paar Tage hatte ich immer den Eindruck, die Zeit zöge sich und dann war der Urlaub auch schon wie im Galopprennen vorbei. Kennt vielleicht der ein oder andere von euch das?

Anders als bei meinen Mallorcaurlauben war ich dieses Mal nicht direkt am ersten Tag mit einer Wanderung oder einem Lauf unterwegs, um die Gegend zu erkunden. Da wir relativ spät mit dem Flieger eingetroffen und wir ja noch mit unseren Bekannten unterwegs gewesen waren, zog sich alles in den späten Abend hinein, bis wir unsere Koffer und Einkaufstüten im Appartement auspacken konnten. Essen zuzubereiten brauchten wir wenigstens nicht mehr. Das Restaurant, das wir mit unseren Bekannten aufsuchten, war in derselben Straße. Keine fünf Häuser vom Appartement entfernt. Das war doch schon mal praktisch. Etwas befremdlich fand ich allerdings die Kombination, eine Pizza mit Fritten und Würstchen serviert zu bekommen. Ich hatte mir etwas anderes unter dem Pizzanamen vorgestellt. Die Portion war groß genug, um sie mit meiner Mutter zu teilen, und hielt den Rest des Abends von der Sättigung her nach.

Im Appartement stießen wir noch kurz vorm Zubettgehen mit einem Glas Sekt an und beendeten so den ersten Urlaubstag. Habt ihr Rituale im Urlaub? Wir haben eigentlich nur das Ritual, entweder am Flughafen, im Flieger oder im Appartement mit einem Glas Sekt anzustoßen. Aber genug vom Essen und Trinken erzählt.

Der erste Tag war vorbei. Und da ich bereits am ersten Tag nicht zum Wandern gekommen war, brannte ich innerlich am nächsten Morgen, meinen Rucksack zu schnappen, eine Route per Handy auszusuchen, zu speichern und diese dann abzuwandern. Es war eine Rundwanderung von geringen elf Kilometern und hieß Playa del Camison – Runde von Playa de las Américas. Playa heißt übersetzt Strand. Playa de las Américas bildet mit anderen Orten eines der bedeutendsten Touristenzentren Spaniens. Also vielleicht einmal darüber nachdenken, ob man nicht einmal selber in diese Gegend reisen möchte? Unter anderem ist der Ort für seine teils natürlichen, teils künstlich angelegten Strände und das pulsierende Nachtleben bekannt. Entlang der Avendia las Américas gibt es mehr als genug Restaurants mit verschiedensten nationalen Speisen als auch verschiedenen Preisklassen von billig bis teuer. Wobei billig nicht gleich schlecht heißt.

Allerdings hatte ich hier das Erlebnis der Qual der Wahl. Bei all den Angeboten fiel es mir manchmal wirklich nicht leicht, direkt eine Entscheidung zu treffen. Ein Glas Bier begann bei einem Euro. Ein Englisches Breakfast konnte bei 3,50 Euro anfangen. Ob es irgendwelche Speisen gibt, die ich empfehlen würde? Probiert einmal Kanarische Salzkartoffeln. Mehr verrate ich hierzu nicht. Es lohnt sich, diese einmal gegessen zu haben. Was mich persönlich weniger unterwegs interessiert sind Showangebote. Auch gab es einige Wasserparks und Tierparks. Entlang der Strandpromenade gab es zahlreiche Buden, die Tagestouren verkauften wie Whale Watching oder Tagestouren zum Teide oder zur Nachbarinsel La Gomera. Ich persönlich kann mir kaum vorstellen, dass es irgendjemanden in Los Cristianos langweilig im Urlaub werden könnte. Hier gibt es wirk-

lich genug Aktivitäten zur Auswahl. Allerdings interessierte mich nun einmal das Wandern am meisten. Das Wandern ist für mich kostenlos und persönlich die beste Möglichkeit, viel auf einmal zu erkunden.

Glück war, dass meine Mutter und ich uns mit unseren Tagesrhythmen und Interessen nicht in die Quere kamen und uns immer schnell einig wurden, was wir unternehmen wollten. Ich konnte dankbar sein, dass das Leben in dieser Stadt meisten später losging. In den früheren Morgenstunden traf ich auf der Strandpromenade meistens andere Walker, Nordic Walker, oder Läufer an. Alle waren wir in unterschiedlichen Tempen unterwegs. Am zweiten Tag joggte ich morgens erst eine kleine fünf Kilometer Runde zum Warmwerden und wanderte im Anschluss einen Halbmarathon. Die ausgewählte Strecke hieß Playa del Duque Runde. Mit seinem unglaublich türkisblauen Wasser lädt dieser Strand zu einem perfekten Badetag ein.

Im Laufe des Vormittags stellte ich auch fest, dass sich die Strände entlang der Promenade nach und nach mit sehr vielen Badetouristen füllten. Kein Vergleich mehr zu den ganz frühen Morgenstunden! Mir persönlich war es fast etwas zu viel des Guten an Tourismus, aber es war dennoch jedes Mal interessant anzusehen, mit welchem Spaß manch Kind oder Erwachsener im Meer baden ging. Auch konnte ich ganze Surfgruppen ausmachen, da es hier Surfschulen gibt, die Unterricht für Urlauber anbieten.

Die Strandpromenade, an der ich entlang wanderte, führte an mehreren Stränden vorbei. Playa del Duque war nur einer davon, aber der, der mich persönlich am meisten faszinierte. Dieser Strand trug scheinbar nicht umsonst den Titel *Blaue Flagge*, eine Auszeichnung für hohe Wasserqualität. Diese spiegelte sich im wahrsten Sinne des Wortes allein beim Blick in das Wasser wider. Ein Badetag war geplant. Was ich wohl zu diesem Zeitpunkt nicht ahnte, war, dass dieser nicht umgesetzt würde. Es lag nicht im Interesse meiner Mutter, sich eine Liege zu mieten, um am Strand zu liegen. Warum auch immer – sie war überglücklich mit unserem Balkon, dem Tisch darauf, den beiden Liegen, die wir nutzen konnten, und den Sonnenschirmen, die dort angebracht waren. Da fühlte sie sich tagsüber so wohl, dass sie einfach nicht von einem Badeurlaub zu überzeugen war. So kann ich leider nichts zu Wassertemperaturen und

Schwimmerlebnissen berichten. Auch buchten wir keine der anderen möglichen Aktivitäten. Warum? Unsere Bekannte waren so lieb, uns hin und wieder zu Touren mit ihrem Auto einzuladen.

An Halloween waren wir auch zusammen unterwegs. In Los Cristianos feiert man Halloween anders, als wir es bei uns daheim gewohnt sind. Da die Geschäfte lange am Abend offen hatten, gingen die verkleideten Kinder von Geschäft zu Geschäft und sammelten Süßigkeiten dort ein. Bei uns habe ich unterschiedlichste Erfahrungen mit Halloween gemacht. Manchmal schöne, manchmal lästige. Vor allem was die Weckerei anging, wenn man zu später Stunde an der Tür klingelte. Dementsprechend war unsere Klingel jedes Jahr – verklebt. Irgendwie muss man sich zu helfen wissen.

Aus den USA, wo ich einmal als Schülerin ein ganzes Jahr nach dem Realschulabschluss lebte, habe ich Halloween wesentlich positiver kennengelernt als bei uns. Man wusste dort, dass man zu den geschmückten Häusern ging und nicht noch die verdunkelten aufsuchte oder diejenigen, die nicht geschmückt waren. Dort schien fast jeder den Brauch zu kennen. So meine Ansicht. Aber hier ... habe ich eher den Eindruck, dass etwas Eigenes aus Trick und Treat gemacht wird.

Halloween in Los Cristianos begeisterte mich nach langer Zeit. Ich fand es einfach nur toll, dass es ein Stadtteil abgesperrt war und hier auch Attraktionen für Kinder angeboten wurden wie Tanzen oder gemeinsames Singen oder das Bemalen von Gesichtern. Einfach nur herrlich. Halloween blieb mir in Los Cristianos sehr positiv in Erinnerung.

Unsere Bekannten gingen noch mit uns zu einer Bar, wo sie den Inhaber kannten, der früher einmal aus Deutschland nach Los Cristianos ausgewandert war. Es war auch wieder ein positiver Unterschied, neue Leute über Bekannte kennenzulernen, als wenn man in Restaurants unterwegs war, wo man niemanden kannte. Aber der gemeinsame Halloweenabend war auch nicht die letzte Unternehmung mit unseren Bekannten. Wohl schlief ich nach Halloween am nächsten Tag nicht aus, so wie meine Bekannten oder meine Mutter, sondern unternahm eine längere Tour bis zu dem Küstenort La Caleta. Eine schon etwas längere Tour von 25 Kilometern Gesamtlänge.

La Caleta hatte den Charme eines ruhigen, kleinen Fischerdorfes. Hier hatte ich das Gefühl, als wenn die Zeit stehen geblieben wäre und man in eine andere Welt hineinswitcht. Bis zu diesem Ort fand ich wohl Strände unterschiedlichster Qualität und Art vor. Von goldgelbem feinen Sand über Kieselstrände bis hin zum tiefschwarzen Lavastrand.

Auf dem Rückweg verlief ich mich ein klein wenig über der 27 Loch-Golfanlage des Golfplatzes Costa-Adeje. Eine Anlage der Spitzenklasse würde ich mal glatt behaupten, ohne groß Golfspielerin zu sein. Die Golfspieler fuhren hier mit kleinen Wagen von Loch zu Loch. Letztlich fand ich auch nur aus dieser Anlage heraus, weil ich unterwegs eine Restaurantanlage fand, wo ich nachfragen konnte. So konnte ich zufrieden den restlichen Rückweg nach Los Cristianos zu Fuß beenden.

Am nächsten Tag legte ich einen Ausgleichstag ein, da ich bis zu diesem Tag fast jeden Tag längere Wanderstrecken absolviert hatte. So beschloss ich, der täglichen frühen Laufrunde von fünf Kilometer nachzukommen und eine Miniwanderung von acht Kilometern zu machen. Die ganzen Wanderungen hatten den Vorteil, dass ich für meine Mutter die Gegend mit erkundete, ihr mitteilen konnte, was es unterwegs alles zu sehen gab, woraufhin wir am späten Nachmittag oder Abend zusammen noch einmal unterwegs waren.

Ob ich irgendwann davon müde war? Nö. Im Gegenteil. Bei dem, was Los Cristianos alles zu bieten hatte, hielt mich einfach nichts im Appartement. In der zweiten Woche unternahmen netterweise unsere Bekannten einen Tagesausflug mit uns zum Drago Milenario, auch bekannt als Drachenbaum. Der Drachenbaum ist in Icod de los Vinos und angeblich 1000 Jahre alt. Vielleicht sogar älter? Sein richtiges Alter soll schwer zu schätzen sein, da er eigentlich kein Baum ist, sondern ein Agavengewächs von 17 Metern Höhe. Er wird als größter und ältester Drachenbaum der Welt bezeichnet. Von hier aus ging unsere Tour mit dem Auto zum Teide weiter.

Der Poco del Teide ist 3715 Meter hoch und somit die höchste Erhebung auf Teneriffa. Bereits vom Flugzeug aus war der Teide gut zu erkennen. Er gilt wohl auch als dritthöchster Inselvulkan der Erde. Der Teide ist ein Schichtvulkan und ist wohl nicht in einem entstanden, sondern durch mehrere Eruptionen über Tausende von Jahren. Eine Seilbahn führt bis zu 160 Metern unterhalb des Gipfels. Die Gegend hier gab mir die Vorstellung davon, wie es gegebenenfalls auf dem Mars oder Mond aussehen könnte. Eine komplett eigene Welt für sich.

Und all diese Eindrücke von Teneriffa nahm ich nach zwei Wochen wieder mit nach Hause. Hier erwartete uns ein verregnetes Wetter mit kühleren Temperaturen, die dazu führten, dass ich für Silvester erneut einen Flug und Aufenthalt im Appartement unserer Bekannten buchte. Euch würde ich gerne einen Besuch im Süden von Teneriffa ans Herz legen. Wenn ihr im Oktober oder gar Dezember noch Badetemperaturen von bis zu 26 und stellenweise 30 Grad erleben möchtet, so lohnt sich ein Urlaubsaufenthalt im Süden von Teneriffa.

Vanessa Boecking: *Autorin verschiedener Genres. „Damian, der Zauberer“ Fantasy/ Märchen. „Osiris, die Supermumie“ Fantasy/ Manga.*

Wie ein einziger Sommer

Aus unsren Lidern derselbe Schlaf,
einer, der sich nicht zurückträumen lässt,
selbst im Meeresklirren,
wo Wellen dem Sog erliegen,
und Brandung unsre Sterne wärmt,
treibts uns hinein,
bis alle Sehnsucht flutet,
spürt sich unser Blick,
wie ein einziger Sommer,
der keine Schwüre brauch.

Ramona Wesselow-Krystosek *lebt mit ihrer Familie in Zürich. Die gebürtige Berlinerin findet im Schreiben den ausgleichenden Kontrast zur beruflichen Finanzbranche. Bisher lag der Fokus auf Kurzgeschichten. Sie bezeichnet sich als genreoffen und interessiert – an allen Dimensionen des Schreibens. 2021 wurde ihr Schreibfederkleid mit dem Kinderbuch „Alex' Reise nach Saphora" erstmals sichtbar. Aktuell arbeitet sie an der Entstehung eines Thrillers mit lyrischen Elementen.*

Einen Sommer lang

Sanft landete der Pilot den Flieger. Nachdem sich jeder geordnet und von der Flugzeug-Crew verabschiedet hatte, konnte ich endlich portugiesischen Boden betreten. Tief atmete ich die Luft ein. Zu Hause. Welch eine Wohltat. Die Sonne schien und eine frische Brise wehte vom Atlantik herüber.

Meinen Koffer zog ich hinter mir her und ging zum Ausgang. Die Menschenmengen waren beträchtlich und ich war froh, hier heraus zu sein. Als ich vor dem Gebäude stand, sah ich anmutig an diesem hoch. Flughäfen fand ich von jeher faszinierend, auch wenn ich bei den großen Maschinen immer ein gewisses Unwohlsein empfand. Ich vertraute ihnen nur bedingt.

Voller Neugier sah ich mich um, doch keines der an mir vorbeigehenden Gesichter kam mir bekannt vor. Mein Blick fiel auf die Uhr. Dann seufzte ich und sah mich nach einem Taxi um.

Als ich einen Taxistand ausgemacht hatte, wollte ich gerade losgehen, als sich zwei warme Hände über meine Augen legten. Erschrocken schrie ich auf, ließ instinktiv meinen Koffer los und wollte mir mein Augenlicht zurückholen.

„Du denkst tatsächlich, ich würde dich vergessen“, hauchte mir eine vertraute Stimme ins Ohr.

Direkt überkam mich eine Gänsehaut und ich ließ die Arme sinken. „Nein, aber du hast einfach akuten Zeitmangel“, korrigierte ich ihn, drehte mich herum und sah in die schönsten braunen Augen, die es im Universum gab.

Ein Schmunzeln überzog sein feines Gesicht. „Ich habe gesagt, ich hole dich ab, Rae, und dann mache ich das auch.“

Schief grinste ich ihn an. „Wenn ein Mann sagt, er macht das, dann macht er das auch. Frau muss nicht alle sechs Monate nachfragen. So in etwa?“

Seine Arme schlangen sich um mich. „Ich verweigere die Aussage.“ Es tat so gut, ihm endlich wieder nah zu sein, und unsere Lippen fanden sich. „Du hast mir gefehlt“, erklärte er, rückte ein Stück von mir ab und betrachtete mich.

„Das kann ich nur zurückgeben.“

Er hielt mir seine Hand hin, erfasste meinen Koffer mit der anderen und zog mich zum Auto, das er in zweiter Reihe geparkt hatte. Mit südländischer Gemütlichkeit verlud er mein Gepäck, während ich mich auf den Beifahrersitz plumpsen ließ. Dann setzte er sich hinters Steuer und wir fuhren los.

Lissabon war voll, laut und heiß. Je tiefer wir in die Stadt kamen, desto stressiger wurde es. Simão war die Ruhe selbst. Dafür bewunderte und beneidete ich diesen Mann. In solchen Situationen fehlte mir die Geduld und ich wurde recht schnell hektisch. Daher hatte ich mich auch schweren Herzens für ein Flugzeug als Reisemittel entschieden.

Den Wagen lenkte er geschickt durch die engen Gassen und das Chaos auf den Straßen. Die Sonne brannte und er ließ die Klimaanlage laufen.

„Wie war dein Flug?“, fragte er, während wir auf der Autobahn ankamen und er direkt auf die linke Spur wechselte.

„Erträglich.“

„Die Teile und du werden wirklich keine Freunde mehr, oder?“

„Nein.“

Als wir die Serpentinen von Sintra nach Colares herunterfuhren, atmete ich auf. Gleich. Gleich waren wir zu Hause. Die bekannten Mauern des Castelo dos Mouros waren mir ebenso vertraut wie das kleine Dörfchen und der Strand vom Praia Grande.

Endlich standen wir vor dem Haus, dass Simão mittlerweile allein bewohnte. Wir stiegen aus, er nahm meine Koffer und scheuchte mich spielerisch die Treppen hinauf. Als wir eintraten, empfing mich der typische Geruch, den ich immer mit dieser Familie verbinden würde. Diese Menschen, der Ort, die Landschaft, das Land – all das war stets mehr meine Heimat gewesen, als es Deutschland je sein konnte. So kam ich immer wieder hierher zurück.

Am Abend saßen wir am Strand, aßen unser Pao com Chouriço und tranken dabei eine Cola. In seiner gewohnten Manier tobte der Atlantik und spülte das Wasser in gewaltig tosenden Wellen an die Brandung.

„Wie lange wirst du dieses Mal bleiben?“, fragte Simão wie nebensächlich. Doch ich hörte ihm an, dass diese Frage viel mehr Bedeutung hatte, als er mich weiß machen wollte.

„Ich habe dir einen ganzen Sommer versprochen, Simão", sagte ich leise und sah zum Horizont, an dem gerade die Sonne in wundervollen, malerischen Farben unterging.

Nun wandte er seinen Kopf mir zu und seine braunen Augen musterten mich voller widersprüchlicher Gefühle. „Ich hatte Angst, dass du es nicht durchziehen wirst."

„Doch. Ich habe es dir und mir versprochen. Du weißt, das hier ist mein Zuhause."

„Dann zieh endlich her, Rae. Bitte. Ich halte diese monatelange Trennung nicht mehr aus", flüsterte er und gab mir einen Kuss auf mein Haar.

„Am Ende des Sommers entscheiden wir. So haben wir es ausgemacht."

Seit drei Jahren waren wir ein Paar auf Zeit. Schon zu meiner Kindheit war ich hier gewesen – bei seiner Familie. Seine Eltern vermieteten damals Ferienwohnungen, die in dem Haus, in dem heute Simão lebte, integriert waren. Dort buchten meine Eltern ein Apartment und ich erlebte den ersten Urlaub in meinem Leben.

Die gesamte Strecke von Deutschland nach Portugal fuhren wir mit dem Auto. Es waren viele Stunden und doch hatte ich direkt das Gefühl, nach Hause zu kommen. Es war unbeschreiblich und für mich als Kind nicht fassbar. Seine Eltern nahmen mich wie selbstverständlich auf und so verbrachte ich mehr Zeit dort als bei meinen.

Lange hielten Simão und ich Kontakt, aber schlussendlich brach er ab. In der Pubertät entwickelte jeder von uns andere Interessen und so verloren wir uns. Doch ich habe diese Zeit nie vergessen und so zog es mich mit Mitte dreißig zurück an jenem Ort, an dem ich die glücklichsten und schönsten Stunden meiner Kindheit verbracht hatte. Auch nach Jahren kannte ich mir hier noch aus und so stand ich schneller vor der Haustür meiner Ferienfamilie, als ich schauen konnte.

Ich traute mich nicht, zu klingeln, doch Simão entdeckte mich und erkannte mich gleich wieder. So verbrachten wir meinen ersten Urlaub hier zusammen, der nur vier Wochen ging, und bemerkten, dass wir noch immer starke Gefühle füreinander hatten. Wie zu unserer Kindheit schon. Damals durften wir uns dies nur nicht eingestehen, da uns sieben Jahre Altersunterschied trennten und er bereits volljährig war.

So gingen die Jahre ins Land und unser Interesse aneinander versiegte nicht. Wir waren beide vorsichtig, schließlich hatten wir bereits Erfahrungen im Leben mit Partnerschaften und Menschen gemacht.

Schlussendlich würde dies nun der alles entscheidende Urlaub sein. Sollten wir nach all den Monaten, die ich nun hier verbringen würde, noch immer verliebt und glücklich miteinander sein, würde ich herziehen. In ein Land, in dem andere Urlaub machten.

Ich lehnte mich an ihn und er legte den Arm um mich. Im Hintergrund spielte eine Gitarre, jemand sang dazu, während die Surfer die abendliche Flut nutzten, um die Wellen zu reiten.

„Hast du nicht mal wieder Lust?“, fragte er, nachdem er gesehen hatte, dass ich sie beobachtete.

„Wenn du mitkommst, klar!“

Leise lachte er. „Weißt du, wann ich das letzte Mal auf einem Board gestanden habe?“

Ich sah auf. „Und du glaubst, ich habe mehr Übung? Wo sollte ich die bekommen haben? Auf dem Rhein?“

Ein Glucksen entwich ihm. „Die Vorstellung hat was.“

„Das sähe ziemlich lächerlich aus, denkst du nicht?“

„Du hättest dir in jedem Fall eine Schlagzeile in der Zeitung gesichert.“

„Hm, das wäre genau nach deinem Geschmack. Ich weiß.“

Als es dunkel war, standen wir auf, denn der Atlantik kletterte nun rasant den Sandstrand entlang. Kaum eine halbe Stunde später würden die Wellen an den Klippen zerschellen. Wenn wir nicht unfreiwillig baden gehen wollten, mussten wir hinauf.

Im Licht der Sterne, dem Duft des Meeres und dem Lachen der Menschen auf den Straßen gingen wir zurück zu seinem Haus.

Am nächsten Morgen erwachte ich mit dem Blick über die Berge von Sintra. Simão war arbeiten und hatte mich schlafen lassen. Darüber ärgerte ich mich ein wenig, denn ich hatte vergessen, mir einen Wecker zu stellen. Ich hatte geglaubt, dass er mich nicht wecken würde. Zügig warf ich die Decke zur Seite, machte mir einen Kaffee, erledigte mein morgendliches Programm und setzte mich an das Laptop. Ich hatte zwar keinen Termindruck, doch ein paar Artikel für eine Zeitung warteten noch auf die Fertigstellung.

Nachmittags kam Simão zur Tür hinein und ich sah auf. Liebevoll gab er mir einen Kuss und legte sein Handy und den Schlüssel auf den Tisch. „Bist du schon wieder fleißig?“, fragte er amüsiert.

„Ja. Ich bin ja schließlich nicht hier, um Urlaub zu machen“, lachte ich.

„Daran muss ich mich erst einmal gewöhnen. Aber in fünfzehn Minuten machst du Feierabend. Ich habe eine Überraschung für dich.“

„Was denn?“, fragte ich vorsichtig.

„Lass dich überraschen“, wiederholte er.

Ein wenig grummelte ich, doch schlussendlich freute ich mich.

Bei strahlendem Sonnenschein gingen wir zum Strand. Die Wellen tobten, der Wind blies mir ordentlich ins Haar und die Sonne blendete mich trotz Sonnenbrille. Ich liebte den Atlantik in all seinen Facetten.

„Und jetzt?“, fragte ich neugierig.

Schweigend hob er eine Tasche aus dem Auto, ergriff meine Hand und wir gingen die Stufen hinunter. Auf dem Sand zog ich meine Flipflops aus, denn die würden keinen Schutz davor bieten und die Füße würde ich mir ohnehin verbrennen.

Er zog mich etwas weiter, als wir es uns sonst gemütlich machten. Hier lichteten sich die Handtücher und Personen und wir kamen zu einem Abschnitt, an dem nur wenige Menschen waren. Dies waren überwiegend Surfer.

Simão trat auf einen jungen, durchtrainierten, braunen Sunnyboy mit Sonnenbrille, begrüßte ihn und stellte uns vor.

„Das ist Rodrigo. Er ist Surflehrer“, erklärte Simão. „Ich habe uns heute einen Auffrischungskurs gebucht. Wir gehen surfen.“

„Ohne Neoprenanzug? Himmel, ich weiß, du bist die Kälte gewöhnt, aber ich nicht.“

Nun lachten beide. „In der Tasche sind welche und Bretter gibts bei Rodrigo.“

Die nächsten Stunden verbrachten wir auf dem Wasser. Wie oft ich herunterfiel und Salzwasser schluckte, konnte ich gar nicht mehr zählen. Doch am Ende stand ich wieder fest auf dem Board und ritt auf der Welle in den Sonnenuntergang wie zu Kindertagen. Es war ein unvergessliches Erlebnis und mich durchströmte ein tiefes Glücksgefühl.

„Vielen lieben Dank, Simão“, sagte ich, als wir wenig später im Auto saßen und uns wieder auf den Heimweg machten. Wir waren beide völlig geschafft, aber sehr glücklich.

„Nicht dafür, Süße. Ich habe deine strahlenden Augen gesehen und allein das war es wert.“

Meine Finger fuhren über seinen Handrücken. „Trotzdem. Ich liebe dich.“

„Ich dich auch.“

Der Traum des Lebens.

Einen Sommer lang.

Vielleicht für immer.

Beccy Charlatan *wurde 1982 in Wuppertal geboren und wuchs dort auf. Mittlerweile hat es sie mit ihrem Lebensgefährten etwas weiter an den Rhein verschlagen, ins schöne Düsseldorf. Schon von Kindesbeinen an schrieb sie gern, geht der Liebe zu den Buchstaben jedoch erst seit circa vier Jahren nach. Sie schreibt unter anderem im Bereich Fantasy. Im Jahr 2021 sind die ersten drei Kurzgeschichten in einer Anthologie erschienen. Instagram @beccycharlatan, Homepage: https://beccy-charlatan-autorin.jimdosite.com.*

Bullen im Urlaub

In der Tiefgarage verriegelte ich den gemieteten weißen Fiat 500. Wir stiegen die Treppe hinauf und traten wieder in das Tageslicht. Ein blauer Himmel und strahlender Sonnenschein bei Temperaturen um die dreißig Grad erwarteten uns.

„Zuerst nach rechts, dann einmal rum", meinte ich.

„Klingt plausibel bei dem Ort", erwiderte Partnerin Judith und band ihr glänzendes blondes Haar zum Pferdeschwanz zusammen. Der Ort, das war das spanische Cádiz am Atlantik, die Altstadt beinahe komplett vom Ozean umschlossen.

Als Erstes betraten wir den Parque Genovés. Den langen, geraden Weg säumten verschiedene Baumarten mit kunstvollen Wüchsen. Wir schlenderten gemächlich über Sand und hellen Schotter. Ein Paar saß auf einer weißen Plastikbank, sich innig anschauend. Neben den beiden stand unbeaufsichtigt ihr Rucksack.

„Den kannsse einfach nehmen", stellte Judith fest, „und dann weg durch die Bäume! Wer weiß, wat die da alles Wichtiges drinne ham?"

„Diebstahl leicht gemacht", stimmte ich zu.

Wir liefen weiter durch den Park und kamen zu einem Felsen, von dem sich Wasserfälle in einen Pool ergossen. In diesem waren künstliche Tiere wie ein Dinosaurier, aber ebenso hielten sich am Rand Tauben auf.

Ein Anziehungspunkt für Kinder, die um das Areal herumtollten. Ein kleines Mädchen kollidierte versehentlich mit mir und lief zwar erschrocken, aber kommentarlos weiter.

„Portemonnaie noch da", teilte ich Judith mit.

„Jau, aber früh übt sich, ne?", erwiderte sie.

Am Strand La Caleta deutete ich mit meinem freien Arm auf das Meer. „Anne Stelle hier stieg Halle Berry aus dem Wasser, und am Castillo hat dat Team ebenso gedreht." Der andere Arm lag über Judiths Schulter.

„Hey, Nick!" Sie löste sich aus der Umarmung und sah zu mir, hob den Zeigefinger. „Gleich tauch ich dich in et Wasser ein, du Treuloser, du!"

„Natürlich is se für dich keine Konkurrenz, Judith!"

„Da hasse grad nomma de Kurve gekriegt, Nick!"

Schmunzelnd zog sie mich heran. Wir umarmten uns dezent. Dennoch merkte ich die Wärme ihres Körpers durch ihr T-Shirt.

„Hier kommt sogar 'ne schlanke Gazelle ins Schwitzen, nö?", stellte ich fest.

„Dat sagt ausgerechnet mein ausgewachsener Elefant!" Judith neigte sich von mir weg und hob den Kopf. „Mit Schweißperlen auffe Stirn. So wat hab ich nich."

„Doch, zwei, nein drei!", konterte ich.

„Aber wir hätten echt unsere Badesachen mitnehmen sollen."

„... und wenn ich ins Wasser spring, gibt dat 'nen Tsunami?"

„Na, soo schlimm is dat nun nich." Sie streichelte mir über den Bauch und legte ihren Arm anschließend um meine Taille. „Gehen wir weiter?"

„Jau!"

Den beliebten Stadtstrand hinter uns spazierten wir über die mehrere Hundert Meter lange Promenade zum Castillo de San Sebastián herüber. Der einzige schmale Zugang zur vom Wasser umschlossenen Festung mit Mauern. Wellen stießen vor die Steine. Das spritzende Wasser erreichte uns trotz einer erfrischenden Windbrise nicht, um uns nachhaltiger abzukühlen. Rechtsseitig waren unzählige kleine Motorboote zu sehen. Für die große See schienen sie allerdings nicht geeignet.

„Als Tatort eignet sich San Sebastián schomma nich", attestierte Judith auf halber Strecke. „Der Fluchtweg zum Land is viel zu lang, oder du hast 'n richtiges Boot."

„Dabei wär et 'ne töfte Kulisse", fand ich. „Verschiedene verlassene Gebäude und 'n Türmken, Deckung vorhanden."

„Bisse Bulle oder Drehbuchschreiber?"

„Mir reicht dat Schreiben vonne Akten."

Zurück vom Castillo kam alsbald die Rückseite der Kathedrale mit ihren Türmen in Sicht. An der hinführenden Straße Autos Stoßstange an Stoßstange abgestellt. Die hohen Häuser waren fünf- bis zehnstöckig und in hellen Farben gehalten. Von den Balkonen sicher mit tollem Ausblick auf das Meer.

Als ein Zebrastreifen in Sicht kam, hob Judith ihren Zeigefinger. „Obacht, Nick! Wenn plötzlich jemand auffe Straße tritt und 'n fahrender Wagen daher 'ne Vollbremsung macht, öffnet sich bei vielen Modellen die Zentralverriegelung. Da solltesse nix Wertvolles griffbereit drinne ham."

„Du bist ja angeschnallt", erwiderte ich grinsend.

„Duuu alter Schaluppi, du!"

Wir genossen den Ausblick auf das Meer. Direkt hinter der hüfthohen Mauer waren eckige Steinbrocken zu sehen. Ein großes Durcheinander, da hatte Tetris nicht geklappt!

Plötzlich beugte sich Judith nach vorn. „Hab ich doch richtig geguckt!" Sie deutete nach links, etwa sechs Meter entfernt. „Streuner auf acht Uhr!"

Nun sah ich sie ebenfalls, die Kätzchen! Sie wuselten zwischen den Blöcken herum, die Beobachtenden störten sie nicht. Wir entdeckten noch viele weitere. Manche pausierten und leckten ihre Pfoten. Die armen Tiere sahen abgemagert aus.

„Kein schönes Zuhause", fand meine Partnerin.

Ein halbes Dutzend Tauben flog über unsere Köpfe hinweg. „Ey, macht kei'n Scheiß!", bat ich mit Blick nach oben. Im selben Moment klatschte etwas vor mir auf die Mauer.

„War 'n Anschlag auf dich", bemerkte Judith.

„Worauf wartesse? Hinterher, Judith!"

„Bei der Hitze? Pöh, stell se selber!"

Neben uns tauchte ein Junge auf. Laut und gestenreich telefonierte er auf Spanisch mit einem Handy. Die Person, mit der er sprach, schien gar nicht zu Wort zu kommen.

„'n vermeintlicher Enkel, der seine vermeintliche Oma abzockt", tippte ich.

„Is in finanzieller Not", stimmte Judith zu. „Sieh dir nur die Klamotten an."

Statt weiter an der Mauer entlang, wollten wir nun in die engen Gassen der Altstadt eindringen. Es wurde merklich voller und enger. In der Nähe der Kathedrale standen eine Reihe Mofas, bei zweien steckte ein Schlüssel.

Als Judith etwas sagen wollte, hob ich den Zeigefinger. „Dat sind womöglich defekte Modelle", kam ich ihr zuvor.

„Wat älter sehen se schon aus."

„So wie ich?“

„Dat hasse jetzt selber gesagt!“

Vor uns schlenderte eine Touristin, die geöffnete Handtasche über ihrer rechten Schulter hängend. „Mutig, so wie der Rucksack“, raunte mir Judith zu. „Allerdings nach der Tat im Gedränge verschwindend statt zwischen Bäumen hindurchflüchtend.“

Wir leisteten uns beide ein Eis und betrachteten die Auslagen der Geschäfte. Viele Souvenirs, vereinzelt Mode, eine Apotheke. An einer Hausecke sah ein Mann ein junges Touristenpärchen auffällig an. Sie folgten ihm wortlos.

„Ob dat wat Legales is, wat er veräußert?“, sinnierte ich.

„’n Kühlschrankmagnet wird et nich sein“, vermutete Judith.

Am von diversen Statuen, unter anderem Reitern, flankierten Monumento a la Constitución de 1812 wurden wir von einem älteren Ehepaar angesprochen. Sie kamen nicht wie wir aus Deutschland und fragten auf Englisch, ob wir ein Foto von ihnen mit der Sehenswürdigkeit machen könnten.

„Yes, we can“, bestätigte Judith. Um den Turm mit der Jahreszahl mit draufzubekommen, mussten wir viele Schritte zurücktreten. „Samma, Nick, brauchsse ’n neues Handy? Die können sicher nich mithalten, wenn wir losrennen.“

„Du hast ’ne enorm kriminelle Ader“, fand ich schmunzelnd. „Und dat als Zivilfahnderin!“

„Jau, sieh dich vor, ne? Ich bin sehr gefährlich!“

„Jau, ich merk dat grad! Lern dich besser kennen. Hab et wohl im Kleingedruckten überlesen.“

„Meine Vorstrafen? Wenn et dich tröstet: Dafür hab ich dein Alter im selben Papier überlesen.“

Judith gab dem Ehepaar das Telefon zurück, das sich freundlich mit: „Thank you“, verabschiedete. Es schlug den Weg Richtung Hafen ein. Wir nahmen den entgegengesetzten Richtung Ozean und Mauer.

„War dat *Ja* wirklich deine richtige Entscheidung?“, setzte Judith unser Thema fort.

„Am 9.9. au’m Standesamt war ich mir damals sicher“, ärgerte ich sie augenzwinkernd.

Sie blieb stehen. „Wobei, du bist ja mein Lieblingsbulle, nich? Dem würd ich nix tun.“

„Wat sind schon zehn Jahre?“
„Männer werden nicht älter.“
„Sondern?“
„Interessanter! Hat mir unsere Chefin beigebracht.“
„Eine weise Frau! Ob se ihre Spürnasen vermisst?“
„… oder sich von uns erholt?“

Vor der Tiefgarage blickten wir bei nach wie vor blauem Himmel, strahlendem Sonnenschein und dreißig Grad ein letztes Mal über den Atlantik. Wie ruhig und idyllisch es war! Es passte so gar nicht zu den Gedanken, die wir den Tag über teils gehabt hatten.

„Da ham wa 'ne Menge Kriminelles entdeckt", resümierte Judith. „Wie kommt dat? Kann et sein, dat wa dringend Urlaub brauchen?"

Ich legte meinen Arm um sie und deutete mit dem zweiten auf das Meer. „Kann et sein, dat wa den Urlaub im Grunde schon ham?"

„Meinsse echt? Woran merksse et?"

„Is nich unser Baldeneysee hier, nö?"

Sie lehnte sich vor mich. „Stimmt, so groß is unser Heimatgewässer im Pott nich, und so blau auch nich."

„Du, wir müssen wat ändern, Judith!"

„Da hasse recht, Nick! Morgen achten wir nur auffe andern schönen Dinge, ne? Gibraltar, dort will ich unbedingt auf den Affenfelsen hoch."

„Du lässt mich dann aber nich dort zurück?"

„Wenn du nix Kriminelles hinaufbeschwörst, nein!"

„Ich nich, aber die Berberaffen beklauen gern Touristen."

„Och, echt? Dabei sehn die doch soo niedlich aus."

„So wie ich, Judith?"

Grinsend stieß sie mir mit der Faust vor die Brust.

„Bullen im Urlaub, nö?", fuhr ich fort und sah an mir herunter. „Kann man hier nich weiße Socken und Sandalen kaufen? Dat wir zumindest wie Touristen wirken?"

Ihr Grinsen weitete sich zum Lachen aus. „Hör bloß auf, Nick!", antwortete sie undeutlich. „Nee, dann nehm ich dich nich mit! Keine leere Drohung, dann droht Zimmerarrest im Hotel!"

__Christian Günther__ wurde 1979 in Essen geboren. Er ist gelernter Industrie-Technologe und examinierter Altenpfleger. Schon in jungen Jahren veröffentlichte er Zeitungsartikel und Bücher. Seit 2022 geht sein Essener Ermittlerduo Judith Reiter & Nick Fengler mit Ruhrpott-Slang und gleichberechtigt als „Die zivilen Fahnder/innen" auf Streife, in Serienfolgen und in Kurz- sowie Kindergeschichten.

Sommertraum

Der Sommer träumt
in des Tages ersten Stunden
von einem Morgenrot
und feurigem Sonnenaufgang.
Er träumt vom Zauber
seiner malerischen Kulisse
und sorgt für eine solche
einen ganzen Sommer lang.

Der Sommer träumt
von bunter Vielfalt seiner Blüten
und schwelgt so gern
im lieblichen Rosenblütenduft.
Er träumt von Freiheit,
einem Bussard in blauen Lüften
und dass ein Gewitter
abkühlen möge die erhitzte Luft.

Der Sommer träumt
von der Ernte saftiger Kirschen,
von Erdbeeren, Vanille-Eis,
weißen Wolken und Ackersalat.
Er träumt von Blaubeeren
und, dass Singvögel zwitschern,
von Festen in Städten,
die nur seine Zeit zu bieten hat.

Der Sommer träumt
von genügend lauen Nächten,
einem Glühwürmchen
und entspannen auf dem Balkon.
Er träumt von Urlaub,
Badefreuden und draußen feiern,
schenkt Spaß den Kindern
und das alles ganz ohne Lohn.

Sieglinde Seiler *wurde 1950 in Wolframs-Eschenbach geboren. Sie ist Dipl. Verwaltungswirt (FH) und lebt mit ihrem Ehemann in Crailsheim. Seit ihrer Jugend schreibt sie Gedichte. Später kamen Aphorismen, Märchen und Prosatexte hinzu. Ferner fotografiert sie gerne. Bislang hat sie bereits über 200 Gedichte veröffentlicht.*

Das griechische Meer

Das offene Meer, Schaumkronen sprechen, gehen an Land, gehen zurück ins Meer. Sie kennen die Geheimnisse des griechischen Meeres. Wer versteht ihre Sprache?

Die Sonne geht unter, taucht das Land in tausend Farben. Ein Geheimnis, ein Geheimnis von tausend Jahren. Das Meer kennt sie. Kennt seine Geheimnisse.

Poseidon wacht erhaben über das Meer und seine Geheimnisse.

Tief unter der Meeresoberfläche, Schiffe, längst versunken, Schätze aus Gold und Edelsteinen. Elegant und lautlos seit tausend Jahren. Von Haien umworben und bewohnt von Korallen.

Was weiß das Meer? Es lächelt uns an, mit den Schaumkronen des Mittelmeers, des griechischen Meers. Das allwissende Meer der Antike.

Die Sonne verschwindet, es wird dunkel. Wieder endet ein Tag, ein Tag, an dem das Meer seine Geheimnisse mit sich nimmt und nicht preisgibt. Poseidon kennt sie alle. Wird sie niemals preisgeben. Ein Geheimnis – für immer.

Nicola Patsis, *1983 geboren in Stuttgart Bad-Cannstatt, aufgewachsen im Baden-Württembergischen Ludwigsburg, lebt mit ihrem Ehemann im fränkischen Fürth. Die gelernte Bankkauffrau schreibt seit ihrer Kindheit Kurzgeschichten und Gedichte. Veröffentlicht hat sie bisher den Liebesroman „Blaubeermuffins" im Selbstverlag und eine Kurzgeschichte in einer Anthologie.*

Sommerlich unbeschwert

einladender Duft
das erste Grillfest heuer
in der Nachbarschaft

Zeit der Glühwürmchen
Kleinode der Romantik
auf Partnersuche

süße Reifezeit
der frische Erdbeerkuchen
schmeckt noch nach Kindheit

zu lang gefeiert
zum Heimgang nach kurzer Nacht
ein Vogelkonzert

Gewitterschauer
ohne Schirm auf der Parkbank
unterm Blätterdach

Sand in den Schuhen
Urlaubsgefühle
zwischen Sandkasten und Haus

kein Wölkchen am Himmel
beneidenswert sorglos
die planschenden Kinder

Auszeit am Wasser
Ruhe im Sucher
Lotosblüte als Motiv

zwei am Lagerfeuer
das Lodern der Flammen
in ihren Augen

Sommersolstitium
der Freund der Fremdwörter
schweigt am Sonnwendfeuer

Sommermuße am Teich
eine Prachtlibelle
küsst ihr Spiegelbild

geteilte Leidenschaft
eine Eidechse
auf der Sonnenterrasse

Parkbankgeflüster
belauschtes Zwiegespräch
zwischen Wind und Laub

Zweisamkeit im Zelt
linder Sommerregen
in Rotweingläsern

mondhelle Augustnacht
hören statt sehen
mehr Äpfel als Sternschnuppen

Heimkehr vom Sommerfest
die schmale Mondsichel
überstrahlt Galaxien

die gute alte Phrase
letztes Urlaubsfoto
vom eigenen Vorgarten

noch Sommerhitze
Zwiegespräch am Brunnen
Tiefe erahnbar

Urlaubsparadies
im warmen Schatten
die Augen schließen

__Wolfgang Rödig__ lebt in Mitterfels. Er hat bislang mehr als 800 belletristische Kurztexte in Anthologien, Literaturzeitschriften, Tageszeitungen, Magazinen und Kalendern sowie den Gedichtband „Punkt - Nach Komma, Strich und Faden" veröffentlicht.

Traumhaft schön

„Du hast die Musik im Blut", höre ich Opa Ahmet noch sagen. Das war lange, bevor er starb. Allah sei ihm gnädig.

„Als Muslim in Deutschland darfst du deiner Familie keine Schande bereiten", ermahnt mich mein Vater mit strenger Stimme.

„Aber warum? Ich bin hier geboren und lebe hier. Die Türkei kenne ich doch nur aus den Sommerferien."

„Arif, die Türkei wird immer unsere Heimat bleiben. Nicht nur im Sommer. Hier sind wir einfach nicht zu Hause. Verstehst du das nicht?" Jetzt guckt mein Vater verärgert und böse. Er zieht die Augenbrauen zusammen.

„Nein, ich verstehe das nicht. Ich fühle mich in Deutschland zu Hause, auch wenn ich den nasskalten und dunklen Herbst und Winter nicht mag. Hier lebt meine Familie. Hier gehe ich auf die Gesamtschule. Hier verabrede ich mich mit meinen Freunden Ben, Tom und Jonas", entgegne ich.

Und die muslimischen Jungs in der Moschee finde ich auch nicht übermäßig nett. Aber das muss Baba nicht wissen. Genauso wenig, dass es ein deutsches Mädchen gibt, das ich mehr als toll finde. Lea geht mit mir in die Musikschule.

Trotzdem blicke ich erst beschämt auf den Boden, dann auf den Notenständer vor mir. Nein, ich habe wieder nicht geübt. Das Spiel auf der Blockflöte aus Plastik macht keinen Spaß. Die Töne tun mir in den Ohren weh. Ganz anders als bei meiner Nay. Die arabische Bambusflöte ist lebendig. In dem einen Moment klagt sie, im anderen ertönt sie sehnsuchtsvoll. Aber leider wird in der Musikschule kein Nay-Unterricht angeboten. Und sie spielen nach Noten. Damit komme ich überhaupt nicht klar. Diese Linien erinnern an ein Gitter wie im Gefängnis, an Grenzen, die mich und die Musik einschränken.

Meine Flötenlehrerin sieht das ganz anders. „Noten sind ein unerlässliches Hilfsmittel. Glaub mir, Arif!"

Das würde ich ja gerne. Aber es fällt mir schwer, die einzelnen Notenhöhen zu erfassen. Die anderen tun sich da leichter – vor allem Lea. Kein Wunder: Sie alle haben das schon im letzten Jahr gelernt. Ich dagegen bin erst seit dem Sommer in der Musikschule und kämpfe noch mit dem Violinschlüssel. Weil ich mich oft verspiele, wenn ich mich nach den Noten richten muss, darf ich heute bei unserem kleinen Adventskonzert nur die dritte Stimme spielen.

Meine Eltern sitzen in der mit Tannengrün, Lichterketten und Weihnachtsfiguren geschmückten Aula in der vorletzten Reihe. Mama in ihrem Kopftuch macht sich bewusst klein. Mit den christlichen Gebräuchen kann sie sich genauso wenig anfreunden wie ich mit den eisigen und wenig einladenden Wintermonaten.

Ganz anders Papa. Ihn stört das alles nicht. Jetzt sieht man ihm den Stolz auf seinen jüngsten Sohn sogar regelrecht an. Er lächelt mir zu. Meine zwei älteren Brüder sehen dagegen gelangweilt aus. Ahmet spielt auf seinem Handy herum. Meine kleine Schwester Rana winkt mir jetzt aber zu.

Und dann geht es auch schon los. Die Schulleiterin betritt die Bühne. Sie zündet zwei Kerzen des riesigen Adventskranzes an und begrüßt alle. „Klar, es wird heute nicht alles perfekt sein“, lässt sie die Anwesenden wissen. „Aber es ist noch kein Meister vom Himmel gefallen.“

Unsere Blockflötenklasse ist als erste dran. Auf dem Programm stehen zwei Stücke. Einige Schüler hampeln nervös herum. Vor allem Lea, die eigentlich die Beste von uns ist und mehrere Solopassagen spielen darf. Sie reibt sich mehrmals ihre verschwitzten Finger. Gleich beim ersten Stück verhaspelt sie sich. Frau Kern, unsere Musiklehrerin, verzieht den Mund, ehe sie Lea aufmunternd zulächelt.

Ich kann das alles genau beobachten. Denn ich muss nur ab und zu einige tiefe Töne anblasen. Mir entgeht auch nicht, dass es mittlerweile angefangen hat zu schneien. Dicke Flocken klatschen bei dem starken Wind gegen die Fenster. Sie haben ihren eigenen Rhythmus und sehen im ersten Moment aus wie kleine Weihnachtssterne. Wenn sie allerdings an den Scheiben herunterrinnen, haben sie sich in Tränen verwandelt. Manche sind groß, andere klein.

Ach, wenn es doch bloß schon wieder Sommer wäre. Ich sehne mich nach Sonne, türkisfarbenem Meer und endlosen Sandstränden. Mist, jetzt habe ich meinen Einsatz verpasst. Frau Kern funkelt mich böse an. Beim zweiten Stück bin ich konzentrierter. Ich spiele alles richtig, obwohl ich jetzt auch die schnelleren Achtelnoten meistern muss. Jetzt strahlt Frau Kern mich an.

Lea dagegen stockt, ehe sie ihre Flöte mit Tränen in den Augen zur Seite legt. Für einen Moment ist es in der Aula totenstill. Die Schulleiterin erklärt, dass ein erster öffentlicher Auftritt immer eine besondere Herausforderung sei. Sie bittet Lea, noch einmal von vorne anzufangen. Lea weigert sich. Sie tut mir leid. Ich würde am liebsten aufstehen und sie trösten.

Plötzlich kommt Frau Kern auf mich zu. „Traust du dir den Part von Lea zu?", fragt sie mich leise.

Ich nicke. Die erste Stimme kann ich auswendig. Während ich mit Lea die Plätze tausche, reicht mir die Musikschullehrerin eine andere Blockflöte. Dieses Instrument ist bestimmt aus Edelholz. Es fühlt sich ganz anders als meine Kunststoffflöte an. Irgendwie magisch und wie aus einer anderen Welt. Der Klang ist voll, die Flöte hat eine schnelle Ansprache, sie reagiert sofort. Nicht nur ich, sondern alle in der Aula scheinen von den sanften Tönen fasziniert zu sein. Jedenfalls klatschen alle, als die letzten Takte gespielt sind.

„Bravo!", rufen einige. Andere fordern eine Zugabe.

Die sollen sie haben. Ehe Frau Kern mich davon abhalten kann, lege ich los. Ich spiele das, was mir in den Sinn kommt. Es hört sich für mich gut, nein, sehr gut an. Schon nach wenigen Takten führen meine Finger ein Eigenleben. So ausdrucksstark spiele ich noch nicht einmal auf meiner Nay. Meine Umgebung nehme ich kaum noch wahr, alles scheint sich in der Musik aufzulösen.

Als die letzten Töne verebben, tobt der Saal. Alles steht und klatscht. Einige Eltern pfeifen anerkennend. Ich verneige mich, spüre, dass ich im Gesicht rot werde. Nun kann ich auch meine Eltern sehen. Sie strahlen. Meine Brüder Hakim und Issam winken mir zu. Und Lea? Sie lächelt mir zu, hält den Daumen nach oben.

„Das war wirklich super, Arif", lobt mich meine Flötenlehrerin nach dem Ende des Konzerts. „Ich glaube, ich würde dich gerne für einen bundesweiten Nachwuchs-Wettbewerb im Herbst anmelden."

Ich starre Frau Kern ungläubig an.

„Aber bis dahin beherrschst du die Noten", schiebt sie sofort hinterher. „Und du musst jeden Tag üben. Ohne Fleiß kein Preis, Arif."

Jetzt fühle ich mich motiviert. Anfangs mache ich noch große

Fortschritte. Die Begeisterung lässt aber nach Weihnachten und im neuen Jahr deutlich nach. Als es darum geht, die Noten auf und zwischen den Hilfslinien zu erkennen, strauchele ich immer mehr.

„Streng dich mehr an!“, ermahnt mich Baba.

„Begreif doch endlich, dass Musiknoten kein Hexenwerk sind, Arif! Im Gegenteil: Sie sind wie eine eigene Sprache, die Töne aus ihrem Winterschlaf erwachen lässt“, meint meine Musikschullehrerin.

Frau Kern hat gut reden. Ich muss ganz nebenbei auch noch für Klassenarbeiten lernen. Und zum Fußball spielen komme ich gar nicht mehr. Nachdem ich dann noch eine schwache 4 in Mathe zurückbekomme, kippt meine Stimmung endgültig, zumal ich Lea schon so lange nicht mehr gesehen habe. Sie hat das Flötenspiel wohl an den Nagel gehängt, hat sie auf Insta geschrieben. Vielleicht sollte ich das auch. Die Notenblätter hole ich immer seltener hervor.

Mein Vater schimpft. „Arif! Streng dich mehr an! In der Schule und beim Flötenunterricht.“

Ich nehme mir vor, ab sofort im Unterricht aufmerksamer zu sein und abends im Bett vor dem Schlafen einen letzten Blick in die Noten zu werfen. Leichter gesagt als getan. Mein einziger Trost nach einigen Tagen ist, dass meine Lehrer mich loben, weil ich in der Schule nun mehr im Unterricht mitmache.

Ich gebe trotzdem nicht auf. Aber es gibt Tage, an denen so gar nichts klappen will. So wie heute. Erst der unangekündigte Vokabeltest in Englisch, dann zu Hause Stress mit meiner Schwester Rana, die von der Blockflötenspielerei mittlerweile völlig genervt ist.

Abends überlege ich, den Musikwettbewerb in den Wind zu schießen. In der Nacht schlafe ich schlecht. Ich träume, bei meinem Vorspiel zu versagen. Aus meiner Flöte kommt kein einziger sauberer Ton. Die Musiklehrer halten sich die Ohren zu.

Schweißgebadet wache ich auf. Es dauert lange, bis ich wieder einschlafen kann. Im Halbschlaf halte ich bald die schöne Wunderflöte meiner Musiklehrerin in der Hand.

Plötzlich falle ich in eine Art Tunnel. Ganz tief und lang ist er. Um mich herum ist alles dunkel. Ich habe schreckliche Angst, klammere mich krampfhaft an die Flöte, nähere mich in Wahnsinnsgeschwindigkeit dem Ende des Tunnels und erblicke auf einmal ein helles Licht. Dann lande ich ganz sanft auf einem weichen Netz, das aus Notenlinien besteht. Um mich herum steigen Noten auf – Ganze,

Halbe, Viertel, Achtel und Sechzehntel. Sie tanzen gemeinsam mit den Pausenzeichen wie schillernde Schneeflocken um mich herum. Ich genieße es und komme aus dem Staunen gar nicht mehr heraus. Jetzt formieren sich die Noten neu. Sie ordnen sich zu einer schwer zu spielenden Melodie. Ich greife dennoch nach meiner Wunderflöte und spiele das Musikstück mit einer nie gekannten Leichtigkeit.

Auf einmal erscheint Lea wie aus dem Nichts. Sie lächelt mich an und hebt den Daumen. Plötzlich spüre ich, wie mich jemand berührt.

„Arif, auch wenn heute Samstag ist: Es ist Zeit, um endlich aufzustehen. Hast du gut geschlafen?", fragt mich meine Mutter, die blinzelnd aus dem Fenster blickt. „Schau mal, die Sonne scheint. Der Sommer ist da. Endlich!"

Ich öffne die Augen, nicke lächelnd und eile bald an meinen Schreibtisch, um die Noten aus meinem Traum festzuhalten. Es klappt wesentlich besser, als ich dachte.

Kurz darauf nehme ich all meinen Mut zusammen und schreibe Lea über Insta an. Bingo! Sie antwortet sofort und wir beschließen bald, uns heute bei dem schönen Wetter am Nachmittag vor dem Eiscafé neben der Schule zu treffen. Ich soll unbedingt die Noten mitbringen, hat sie gemeint. Und natürlich meine Nay.

Ich glaube, dieser Sommer kann in vielerlei Hinsicht traumhaft schön werden.

Ulli Krebs, *wohnhaft in Norddeutschland, 1965 in Düsseldorf geboren, Studium Sozialarbeit, Journalismus und PR, als freie Redakteurin tätig, Hobbyautorin, Veröffentlichungen von Gedichten und Kurzgeschichten in verschiedenen Anthologien sowie Publikation eines Regionalkrimis.*

Unter den Sternen

Mit einem erleichterten Seufzen stellte Alfred die zweite Kühltasche ab und wischte sich mit einer Hand über die Augen. Der Sommer hatte das Land gänzlich im Griff und die Menschen schwitzen unter der sengenden Hitze, die sich schon seit einigen Tagen über Deutschland staute.

Deswegen hatten Alfred und Henry beschlossen, dieses Wochenende campen zu gehen. Einfach mal ein paar Tage raus aus der Stadt und rein in die Natur. Ihre Wohnung mochte schön und auch groß sein, aber sie lag unter dem Dach.

Ein Grund mehr, sich auf ein paar Tage frische Luft zu freuen. Regen war zum Glück auch keiner angesagt, wobei ein kleines Gewitter sicher gut gewesen wäre, um die Luft abzukühlen. In diesem Jahr zeigte sich der Sommer von seiner guten Seite, zumindest bis jetzt.

Der Campingplatz war nicht weit weg und zur Not konnten sie immer noch nach Hause fahren.

Diese kleine Ecke, mitten in Sachsen-Anhalt, war wunderschön. Ein großer Wald, dazu der See in Sichtnähe. Dort konnten sie dann später auch baden gehen. Auf dem Weg hierher waren ihnen zum Glück wenig andere Leute oder auch Autos begegnet.

„Das wird ein tolles Wochenende. Hast du dein Handy ausgeschaltet?“, wollte Alfred wissen. Er war ein paar Jahre älter als sein Freund Henry.

Dieser streckte ihm die Zunge raus, während er das Handy aus der Tasche angelte. „Ja, es ist aus. Jeder in der Redaktion weiß, dass ich nicht da bin, auch nicht zu erreichen. Das Gleiche gilt aber auch für dich, mein Schatz.“

Ein wenig beleidigt kniff Alfred die Augen zusammen. „Ja, mein Handy ist auch aus.“ Dieses Wochenende hatte er frei und keine Bereitschaft, da bot es sich gut an, das Handy aus der Hand zu legen.

Henry hob den Daumen als Zeichen, dass er verstanden hatte. „Dann können wir ja mal ein paar Tage alleine sein.“

Ein wenig Ruhe und Zeit nur für sich hatten sie sich auch verdient. Denn auch Alfreds Job bei der Polizei war Stress pur, da es ständig neue Einsätze gab.

„Gut, dann bauen wir erst mal das Zelt auf und legen anschließend ein kleines Lagerfeuer an", verkündete Henry.

Das letzte Mal war er als Kind zelten gewesen, daher war er gespannt, ob er noch ein Zelt aufbauen konnte. Zusammen machten sie sich an die Arbeit und so dauerte es auch nicht lange, bis ihr kleines Zweimannzelt stand. Es mochte nicht perfekt sein, aber das Zelt stand. Unter freiem Himmel wollten beide nicht schlafen.

Alfred legte noch die Schlafmatten hinein und setzte sich dann auf einen Klapphocker. Dieser war praktisch und eine gute Idee von seiner Kollegin Daniela gewesen. Auch wenn er die Natur mochte, im Gras wollte er dann doch nicht sitzen.

„Wollen wir ein Lagerfeuer machen? Dann können wir ja schon mal anfangen zu grillen. Ich sterbe vor Hunger", verkündete Henry.

Sein Freund grinste nur. Den Hunger seines Partners kannte er gut genug, auch wenn er sich fragte, wo Henry das hin aß. Der Journalist war alles andere als dick.

„Klar, lass uns Feuerholz suchen."

Hand in Hand zogen sie los. Holz gab es hier mehr als genug. Vor allem kleine Äste, die perfekt für ihr Lagerfeuer geeignet waren.

„Nach dem Essen können wir noch eine kleine Runde spazieren gehen und dann vielleicht schwimmen. Eine Abkühlung wäre schön. Es ist so heiß, da könnte ich auch gleich in die Sauna gehen!" Im Grunde wollte sich Alfred nicht beklagen, aber diese Hitze machte ihm zu schaffen. Die Luft stand – leider auch hier am Wasser. Kein Lüftchen regte sich.

Henry hob überrascht eine Augenbraue. „Jetzt hab dich nicht so. Es ist doch schön, dass es mal warm ist." Im Gegensatz zu seinem Freund mochte er die Hitze. „Außerdem kann ich dann das hier tun." Lachend zog er sich das Shirt über den Kopf und warf es sich über die Schulter.

Alfred konnte nur den Kopf schütteln, dabei gefiel ihm der Anblick doch sehr gut. „Hot", lachte er.

„Ja, nicht wahr? Los zieh dein Shirt auch aus. Es gibt eh keine Mücken, die uns stören können", forderte Henry.

Unsicher sah sich Alfred um. Er war nicht derjenige, der sich gerne in der Natur auszog. Zum Glück waren sie alleine, daher nickte er und zog sich das T-Shirt mit einem Ruck über den Kopf. Sicher, es war immer noch heiß, aber es fühlte sich dennoch gut an.

„Lecker“, schnurrte der Jüngere. Sanft strich er mit einem Finger über die Brust, bevor er sich lachend abwandte, um nach Feuerholz zu suchen.

Wenig später hatten sie ihr Holz zusammen und machten sich auf den Rückweg. Ein Lagerfeuer war recht schnell entzündet, denn Feuer machen konnte Alfred gut.

Henry kümmerte sich um das Essen. Es sollte Stockbrot und Würstchen geben. Dazu für jeden ein Steak. „Morgen gehen wir dann einkaufen. Ein paar Dinge werden wir wohl noch brauchen“, meinte Henry. „Vor allem Wasser. Kalten Tee habe ich dabei.“

Aber zuerst schnappte er sich zwei Biere und reichte eines davon an seinen Freund weiter. Dann setzte er sich auf den zweiten Hocker. In den Bäumen sangen die Vögel und es war wirklich sehr ruhig. Für beide war es ungewohnt, kannten sie doch nur die Stadt.

„Hier könnte ich bleiben“, sinnierte Alfred. Er lag auf einer Decke im Schatten und lauschten den Vögeln.

Henry ließ sich neben ihm nieder, behielt dabei aber ihr Essen im Blick. Schwarz werden durfte es auch nicht. Im Grunde liebte er Action ... und Urlaub war nur dann auch Urlaub, wenn sie etwas dabei unternahmen. Wie eine Wanderung durch das Darkmoor in England oder eine Reise durch Finnland. Ihr kleines Campingabenteuer war da doch etwas anderes. Hier wollten sie nur entspannen.

„Es ist schön, aber auf Dauer sicher zu langweilig“, gab der Journalist zurück.

Alfred verdrehte nur die Augen. Das war wieder typisch sein Freund. „Es ist nur ein Wochenende. Das werden wir genießen. Diese Ruhe ist herrlich, außerdem sind wir alleine.“

Ja, das war in der Tat recht reizvoll, aber zuerst brauchte er etwas zu essen. Leider würden die Würstchen noch etwas dauern, von dem Steak ganz zu sprechen. Aber es hatte auch etwas für sich, in der Natur sein Essen zuzubereiten.

„Wir haben übrigens noch ein paar Marshmallows. Die können wir auch gut grillen. Ich habe Lust auf etwas Süßes“, sagte der Ältere. Damit erhob er sich, küsste Henry auf die Lippen und verschwand im Zelt. Wenig später kam er mit der Tüte zurück.

Marshmallows waren ungesund und viel zu süß, aber ab und an mochte er diese recht gerne.

„Dann legen wir sie auch auf den Grill", beschied Henry und schnappte sich die Tüte.

Alfred setzte sich mit einem Bier wieder auf die Decke und schloss die Augen.

Nach dem Essen machten sie sich zu Fuß auf den Weg, um die Gegend zu erkunden. Auch wenn die Sonne schon fast den Horizont berührte, so war es immer noch heiß. Die Luft war drückend, als sich sie Hand in Hand am See entlangwanderten. Immer noch regte sich kein Lüftchen.

Der See war kein natürlicher See, sondern ein Tagebau gewesen. Man hatte ihn geflutet und die Natur Natur sein lassen. Was ihr auch guttat. Es wuchsen Bäume und Sträucher und auch Tiere fühlte sich hier wohl. Zudem gab es einen kleinen Badestrand, eine Wetterschutzhütte und eine Grillstelle.

Trotz des guten Wetters war jedoch nicht viel los. Was aber auch an dem Hafenfest ein paar Orte weiter liegen konnte. Sollten die Leute sich dort austoben und hier keine Randale machen.

„Wollen wir uns etwas abkühlen?" Fragend sah Henry seinen Freund an. Dieser seufzte und sah sich um. „Komm schon. Wir sind alleine."

Ergeben nickte Alfred, immerhin hatte Henry recht. Zudem trugen beide eh schon ihre Badeshorts.

Schnell zog Henry die Schuhe aus und tappte zum Wasser. Der Sand war warm unter seinen Füßen. Mutig setzte er erst einen, dann den anderen Fuß ins kühle Nass. Alfred sah ihm einen Moment einfach nur zu. Sein Freund sah in Badeshorts auch viel zu gut aus.

Henry spürte die Blicke auf sich, sagte aber nichts. Es schmeichelte ihm, dass sein Partner ihn nach fünf Jahren immer noch so ansah. Liebe war ein schönes Gefühl und er war dankbar für den anderen Mann, auch wenn es kitschig klang.

„Kommst du zu mir?" Henry streckte die Hand aus und wie von einer Schnur gezogen folgte Alfred ihm ins Wasser. Die Schuhe und das Shirt blieben im Sand liegen. Es fühlte sich herrlich an, einfach ins Wasser zu waten. Die ersten Schritte waren noch in Ordnung, aber dann sackte der Boden recht steil nach unten ab. Henry lachte, als er keinen Boden mehr spürte, und begann, seine Bahnen zu ziehen. Schwimmen war schon immer seine kleine Leidenschaft gewesen. So war es nicht weiter verwunderlich, dass er sich mit kräftigen Zügen vorwärts bewegte. Alfred folgte ihm da eher langsamer. Er genoss die kleine Abkühlung.

Die Sonne sank langsam Richtung Horizont. Zusammen schwammen sie zu der kleinen Insel in der Mitte des Tagebausees. Betreten konnte man diese jedoch nicht. Im Grunde war es wohl nichts weiter als eine kleine Erhebung.

„Lass uns zurückschwimmen“, meinte Alfred. Auch wenn es schön war, so taten ihm langsam die Arme weh. Seine Kondition war im Moment auch nicht gerade die beste. Vielleicht sollte er mehr schwimmen oder trainieren. Henry schien da weniger Probleme zu haben. Sein Freund lachte und tauchte unter, nur um dann hinter ihn zu schwimmen und sich an ihn zu schmiegen. Er schlang die Arme um Alfred und küsste ihn in den Nacken. Ein bisschen albern konnten sie aber auch noch.

Die Sonne ging gerade unter, als sie aus dem Wasser stiegen und sich auf den Rückweg zu ihrem Zelt machten. Dort angekommen, entzündete Henry das Feuer mit geschickten Fingern und ließ sich dann auf einem Hocker nieder. Dankbar nahm er das Bier entgegen, welches Alfred ihm reichte.

„Soll ich uns Musik anmachen? Dann können wir noch ein wenig tanzen“, schlug Henry vor.

Sein Freund nickte einfach nur. Einen Moment später erscholl ein sanfter Beat über ihren kleinen Zeltplatz. Henry wiegte die Hüften im Takt der Musik, während er um Alfred herumtanzte. Dieser sah ihm einen Moment schmunzelnd zu. Dann reichte Henry ihm die Hand und ergriff sie, ohne zu zögern. Mit Schwung wurde er nach oben gezogen und an eine warme Brust gedrückt.

„Lass uns tanzen, Schatz“, raunte Henry. Sanft wiegte er sich mit Alfred in den Armen hin und her. Genoss dabei die Wärme des anderen Mannes und dessen Nähe. Auch wenn er manchmal ein wenig laut war und herumpolterte, so liebte er Alfred doch über alles. Dann gab es eben solche kleinen Momente wie jetzt.

Eng umschlangen, standen sie unter dem Sternenhimmel. In den Sträuchern sang eine Nachtigall ihr Lied. Alfred schmiegte sich an seinen Freund und atmete dessen Duft ein.

„Das gefällt dir, nicht wahr?“

Langsam hob Alfred den Kopf, um ihm in die Augen sehen zu können. „Ja, das ist schön", gab er leise zurück.

Hier fühlte er sich frei, es gab keine Arbeit und keine Kollegen. Keine Betrunkenen, die randalierten und herumbrüllten. Genau das war Urlaub, wenn auch mal ruhiger. Aber Alfred war es recht. Henry war bei ihm, was wollte er mehr?

Später lagen sie eng umschlungen auf einer Decke und bestaunten den Sternenhimmel. Die Nachtigall sang immer noch ihr Lied, während eine Eule tief im Wald eine Antwort gab. Die Musik hatte Henry ausgemacht, so war es doch viel schöner.

Alfred deutete auf einen Stern. „Das ist das Sommerdreieck. Es ist schön, mal wieder die Sterne zu beobachten. Früher habe ich das immer gerne gemacht. Da kannte ich auch einige der Bilder. Zu Hause sehen wir so etwas ja nicht." Er schwieg kurz. „Vielleicht sollte ich auch mal wieder mein Fernglas und das alte Buch suchen. Als Kind hatte ich immer Spaß dabei."

Auch Henry sah ihn den Himmel. „Kennst du denn noch ein paar Sterne?"

Alfred überlegte kurz und nannte dann ein paar Namen. „Schau mal dort. Das ist die Kassiopeia. Man erkennt sie an dem W oder auch M. Zudem sieht man die Milchstraße. Ich finde das schön." Viele Bilder kannte er nicht mehr, aber die Kassiopeia fand er noch. Es war ein wirklich schönes Bild und auch leicht zu finden.

Das Feuer in ihrer Feuerstelle knackte. Es war ein wahrlich romantischer Moment hier draußen in der Natur. Und es war ein schöner kleiner Urlaub, denn beide nur genießen konnten.

Doreen Pitzler *wurde 1986 in Sachsen-Anhalt geboren, wo sie auch aufgewachsen ist. Schon früh entwickelte sie eine Vorliebe für gute Geschichten und inspirierende Welten. Zu Schulzeiten verband sie diese Vorliebe mit ihrer eigenen blühenden Fantasie und begann mit den Schreiben eigener Geschichten. Heutzutage ist das Schreiben ein willkommener Ausgleich zu ihrer Bürotätigkeit.*

Die Schlammschlacht

Es war einer jener Maitage, wie sie nur selten vorkommen. Meteorologisch Frühling, in Wirklichkeit bereits Hochsommer!

Wir besuchten unsere Freunde Ulli und Roman für ein langes Wochenende in Salzburg. Sie besaßen ein altes VW-Cabrio und waren bei den gerade herrschenden Temperaturen immer *oben ohne* unterwegs.

„Ich habe eine Idee!", meinte Roman nach dem Frühstück. „Was haltet ihr davon, wenn wir mit unserem Schlauchboot zum Höllerersee fahren und uns dem süßten Nichtstun hingeben?"

Wir waren sofort einverstanden, hatten aber Bedenken, ob das Boot für fünf Personen Platz bieten würde, da auch unsere kleine, vierjährige Tochter dabei war. Aber es handelte sich um ein Boot für sechs erwachsene Personen.

Während Roman mit meinem Mann das Auto belud, kümmerten wir Frauen uns um Essen und Getränke.

Kurze Zeit später starteten wir. Man hätte uns fotografieren sollen, denn die Paddel des Bootes standen hinter der Rückbank des Cabrios pfeilgerade in die Höhe. Ulli und ich saßen auf der Rückbank, in der Mitte hatten wir Tochter Tanja. An jeder Ampel, bei der wir warten mussten, grinsten aus den Nachbarautos die Beifahrer und deuteten *Daumen hoch* über unsere Paddel.

Nach einer Dreiviertelstunde erreichten wir einen Naturparkplatz, wo Roman das Auto abstellte. Zwischen Lärchen und Fichten stand das Cabrio nun auf erdigem Waldboden.

„Da bleibt es nämlich kühl, denn die Sonneneinstrahlung ist hier gering und außerdem haben wir es nicht weit zum Ufer! Die Asphalt-Parkplätze heizen sich derart auf, dass man es nicht aushält, wenn man abends zurückkommt!"

Damit begann die Schlepperei. Die Männer trugen das Boot, wir Frauen brachten Paddel und Verpflegung. Im Kofferraum des Cabrios fand sich eine Pumpe, die Tanja trug, und schon ging es los. Eine schweißtreibende Arbeit für unsere Männer, aber sie wollten sich natürlich keine Blöße geben und nach einer Pause fragen.

Ulli und ich warteten einstweilen im Schatten der Bäume, während Tanja bereits mit den Füßen am Uferrand im Wasser spazierte. Sie kicherte und spritzte sich nass. Das war kein Problem, denn ihr hatte ich schon vor Beginn der Autofahrt einen Badeanzug verpasst. Auch wir trugen über unsere Badekleidung nur ein Shirt.

Als das Boot prall gefüllt war, ließen die Männer es zu Wasser. Ich hievte Tanja hinein, dann die kleine Kühltasche mit den belegten Broten und drei Päckchen Kakao. Anfangs war ich verwundert, denn wer wollte wohl bei dieser Hitze Kakao trinken, als Ulli uns gestand, dass sie schwanger war und ständig Gusto auf dieses Getränk hatte. In zwei Papiertragen folgten noch sechs Flaschen Bier, Limo und Wasser. Diese Getränke hatten in der Kühltasche leider keinen Platz mehr.

Wir kletterten alle fünf ins Boot und stießen vom Ufer ab. Es war ein herrliches Gefühl, so langsam und majestätisch dahin zu treiben. Kurz setzte Roman mit den beiden Paddeln ein paar Schläge und schon waren wir auf der Mitte des Sees.

„Ich habe eine lange Schnur dabei, an die binden wir die Bierflaschen und lassen sie ins Wasser, damit das Bier kühl bleibt!“, erklärte Roman und schritt auch gleich zur Tat. Ulli hatte ein kleines, batteriebetriebenes Radio mit und so konnten wir Musik hören.

Wenn ich heute daran denke, weiß ich, dass es einer der schönsten Maitage im Jahr 1983 war. Eine Brise trieb uns weiter in eine kleine Bucht. Die Sonne gab ihr Bestes und so wurde ich müde und schlief für ein paar Minuten ein.

Durch einen heftigen *Platsch* wurde ich munter. Ulli war mit unserer Tochter ins Wasser gesprungen, um im Nass des Sees Abkühlung zu finden. Dieser Umstand traf allerdings nicht ein, denn das Wasser war brühwarm. Unsere Tochter, mit Schwimmflügeln ausgestattet, jauchzte, lachte und tobte herum, während Ulli einmal um das Boot schwamm.

„Kostet doch euer Bier! Ich vermute, dass es nicht sehr kalt ist, denn das Wasser ist mehr als warm!“, rief sie den Männern zu.

Roman holte eine Flasche ein. Tatsächlich! Die Flüssigkeit musste an die dreißig Grad haben, denn nachdem er den Kronenverschluss entfernt hatte, quoll eine überdimensionale Schaumkrone aus dem

Hals und lief über seinen Arm. „Damit habe ich nicht gerechnet", stotterte er verlegen.

Mein Mann fischte die zweite Flasche aus dem Wasser und erlebte Ähnliches. „Puh, grauslich, warmes Bier!", rief er frustriert aus und übergab es dem See.

Während ich unsere Kleine wieder ins Boot holte, tummelte sich Ulli noch immer im warmen See.

„Hunger!", meldete Tanja.

„Wartet, ich komm wieder ins Boot", schrie Ulli vom Wasser aus. Das war dann doch leichter gesagt als getan, denn sie wollte sich nicht auf den Babybauch legen und kam nicht über den Bootsrand. Also versuchten wir zu dritt, meiner Freundin zu helfen. Das Boot schwankte hin und her und schon lag Roman im Wasser.

„Macht nichts, so kann ich Ulli hochheben und ihr nehmt sie dann!", erklärte er uns.

Es dauerte eine Weile, aber wir schafften es.

„Okay, das war das letzte Mal! Ich gehe nicht mehr vom Boot aus ins Wasser, sondern nur mehr vom Strand!", stellte Ulli verhärmt fest.

Als auch Roman wieder im Boot war, gab es Jause und die Geschichte war bald vergessen. Kurz hing jeder von uns seinen Träumen nach.

„Oh, oh!" Roman deutete auf die dunkle Wolke, die am Horizont auftauchte. „Das sieht gar nicht gut aus!"

Eine Zeit lang beobachteten wir den Himmel und überlegten, ob wir zurück zum Ufer paddeln sollten. Aber die schwarze Wolke bezog ihren Standort in der Nähe des Platzes, wo Romans Auto stand, und bewegte sich nicht vom Fleck. Kurz kam eine Windböe auf, die uns wieder ein Stück aus der Bucht in die Mitte des Sees trieb.

„Schaut mal dort hinüber, da sieht man es regnen", wies uns Ulli auf die Wolke hin, die offensichtlich nun Wasser ließ. „Das ist nur ein kurzer Guss und trifft uns hier inmitten des Sees nicht!"

Dem war auch so. Wenig später war die schwarze Wolke Geschichte und die Sonne brannte wieder vom Himmel, als ob es nie anders gewesen wäre.

Wir verzehrten die restlichen Jausenbrote und tranken warme Limo. Ulli schlürfte ihre dritte Packung Kakao, Tanja schlief am Boden des Bootes friedlich und wir unterhielten uns leise. Wir erlebten das perfekte Sommerfeeling. Aber wie das eben so ist: Auch der schönste Tag geht zu Ende! Daher hieß es, zurück zum Ufer paddeln. Der Wind hatte uns ziemlich weit von diesem abgetrieben, sodass es einige Zeit dauerte, bis wir wieder am Ausgangsort unseres Bootsausfluges landeten.

Am Ufer angekommen, traf uns beinahe der Schlag. Diese böse, schwarze Wolke hatte doch tatsächlich all ihre Wasservorräte hier auf den Boden fallen lassen, mit dem Endergebnis, dass der Waldboden sich in ein Morast-Feld verwandelt hatte. Es dampfte und man kam sich wie in der Sauna vor, denn die Sonne versuchte, den schlammigen Boden rasch wieder zu trocknen. Wir wollten das Boot an Land ziehen und rutschten mit bloßen Füßen im Dreck herum. Hin und wieder fanden wir Halt an einem der Grasbüschel.

Endlich hatten wir eine Stelle gefunden, wo so viel Grün war, dass wir die Luft dem Boot entnehmen konnten. Am Boden des Cabrios stand einige Zentimeter hoch das Wasser.

Die nächste Szene erinnerte mich an einen schlechten Film: Roman öffnete die Wagentüre und es floss ein kleines Bächlein heraus auf den morastigen Boden.

„Hoffentlich hat das dem Auto nicht geschadet!“, stellte mein Mann betroffen fest.

„Ich kann den Wagen jetzt nicht starten, denn ich habe noch Schlamm zwischen allen Zehen!“, bemerkte Roman grantig. „Warum nur habe ich nicht das Cabrio-Dach geschlossen?“

Ulli versuchte, mit Handtüchern die Sitze trocken zu legen, sodass wir wenigstens Tanja schon auf den Mittelsitz der Rückbank festschnallen konnten. Danach verstauten wir alle anderen Sachen einschließlich der beiden Paddel, so wie wir gekommen waren. Zuletzt versuchten die Männer, das luftleere, verdreckte Boot zu falten und zu einem Paket zusammenzulegen.

„Ein Fall für die Badewanne!“

Ulli, die sich nicht besonders wohlfühlte, war die Nächste, die versuchte, ihre Füße provisorisch zu reinigen, und in den Wagen stieg, um sich neben Tanja zu setzen. Ich tat es ihr gleich. Damit war die hintere Rückbank besetzt und nur mehr die beiden Männer mussten sich des Schmutzes auf ihren Füßen entledigen.

Roman versuchte, das Auto zu starten. Der Motor sprang tatsächlich an und ihm fiel ein Stein vom Herzen. Allerdings hatte er sich zu früh gefreut, denn beim ersten Versuch, den Wagen zum Fahren zu bringen, fraßen sich die Räder in den Morast.

„Ach du liebe Zeit!“, stöhnte mein Mann. „Ich versuche anzuschieben, vielleicht schaffst du es, aus dem Schlamm zu kommen, ein paar Meter vor dir ist moosiger Waldboden!“

Roman startete erneut und mein Mann versuchte mit aller Kraft, sich gegen den Wagen zu stemmen. „Soll ich aussteigen und dir helfen?“, fragte ich leise.

„Nein, es muss so gehen!“

„Nimm den zweiten Gang und gib langsam Gas!“, befahl er.

Nichts geschah.

„Legt doch je ein Handtuch vor die Hinterreifen auf den Boden!“, schlug Ulli vor.

Gesagt, getan!

Wieder gab Roman Gas und mein Mann schob mit aller Kraft am Heck an. Plötzlich ein Schrei! Der Wagen sprang nach vorne, mitten hinein in das Moos und mein Mann, getroffen von den schmutzigen Handtüchern, lag kurzzeitig im Morast. Es gab keine Stelle, an der er nicht dreckig war. Sogar in den Ohrmuscheln klebten Schlammpatzen. Ich wusste nicht, ob ich heulen oder lachen sollte.

Tochter Tanja jauchzte, als sie ihren Vater am Boden liegen sah. „Hui, Daddy ist aber schmutzig!“, schrie sie aufgeregt.

„Ich bin am Trockenen, der Wagen lässt sich wieder lenken, aber was machen wir mit dir?“, fragte Roman lachend. „So wie du aussiehst, kann ich dich doch nicht in mein Cabrio einsteigen lassen!“

Wir prusteten los, nur mein Mann konnte diesen Spaß nicht ganz verstehen. „Gehts noch?“, knurrte er.

„Fang!“, rief Ulli und warf ein weiteres Handtuch zu meinem Mann. „Leg es auf den Sitz und setz dich vorsichtig drauf. Und lass die Badehose an. Säubern musst du dich bei uns zu Hause unter der Dusche, das hat jetzt keinen Sinn!“

Während der Heimfahrt schien die Sonne immer noch so kräftig, dass mein Mann bald wie eine Mumie aussah, denn der Schlamm, der am ganzen Körper klebte, war blitzartig eingetrocknet.

Jetzt war es schlimmer, wenn wir bei einer roten Ampel zum Stehen kamen und die Fahrer und Beifahrer der anderen Straßenverkehrsteilnehmer meinen Mann erblickten. Kein *Daumen hoch*, sondern: „Bitte schau den an, der sieht vielleicht arg aus!“

Mein Mann konnte nicht mehr lachen. Zu Hause bei Ulli und Roman verschwand er sogleich im Badezimmer. Dort schrubbte er über eine Stunde, bis er wieder sauber war. Danach waren wir an der Reihe und nachdem wir alle vier wieder gesäubert waren, durfte Tanja in die Badewanne.

Den lauen Maiabend ließen wir auf der Terrasse mit einem kühlen Glas Bier und Limo für Ulli und Tanja ausklingen.

„Das war lustig, machen wir das bald wieder?", krähte unsere Tochter vergnügt.

Lachend blickten wir einander an. Meinte sie die Bootsfahrt oder ihren Vater im Schlamm?

__Hannelore Futschek,__ 1951 in Wien geboren, Matura, Studium, verheiratet seit 1975, Mutter zweier Kinder, lebt mit ihrem Gatten im Weinviertel. Seit der Pensionierung schreibt sie Kurzgeschichten, in denen sie oftmals Selbsterlebtes schildert. Das Spektrum hat sie in den letzten Jahren um Romane erweitert.

Freibad-Idyll

Dies hier ist nicht die Adria,
kein Strand auf den Azoren.

Hier ist man noch dem Ort sehr nah,
in dem man einst geboren.

Hier trifft sich, wer einander kennt
aus Schule und Betrieb.

Man wässert seine Reiselust,
die brav zu Hause blieb.

Karibisch heiter gibt sich hier
das lokale Wetter.

Hier wirkt der Bademeister auch,
durch seinen Bauch, viel netter.

Per Anschlag wurden kundgetan
die Luft- und Wassergrade.

Und das Vanilleeis jetzt aus.
Um Letzteres ists schade.

Doch kann den Badespaß nicht trüben
dieser oder jener Makel.

Hier dürfen Jung und Alt sich üben
im lokalen Schwimmspektakel.

Spät, schon weit nach Mitternacht,
dort im Schwimmerbecken,

kann man den gelben Junimond
beim Tauchversuch entdecken.

Hartmut Gelhaar, *Jahrgang 1948, Rentner, lebt in Wernigerode. Hat bereits in mehreren Anthologien veröffentlicht. Eigener Podcast unter Youtube: „Lyrik für die Ohren“.*

Estate romana

Sommerzeit in Rom … das ist etwas, das ich viele Jahre lang erleben durfte. Viele haben mich darum beneidet, doch ich rate keinem, diese herrliche Stadt im Hochsommer zu besuchen. Bei der Hitze ist das allenfalls für Kirchenbesucher interessant, denn in den Gotteshäusern ist es üblicherweise schön kühl, und davon gibt es in Rom bekanntlich zur Genüge. Wie wäre es also mit einem Tag am Meer? Schauen wir doch einmal, was eine typisch römische Familie erlebt, die sich auf ein Wochenende am Meer freut.

Schon die ganze Woche lang hatte Familie Rossi dem Sonntag entgegengefiebert. Die letzten Tage war es unerträglich schwül gewesen und nichts ersehnte die Familie nun mehr als eine angenehme Meeresbrise und ein kühles Bad im Meer. Nach den üblichen Samstagseinkäufen und allen weiteren notwendigen Erledigungen hatte Maria Rossi die Wohnung so weit in Ordnung gebracht, die Waschmaschine laufen lassen und Lasagne für den morgigen Tag am Strand bereitet. Ihr Mann Paolo hatte das Auto bereits mit Sonnenschirm, Liegen, Handtüchern, Klappstühlen, Tisch, Eimer, Schaufel, Schwimmflügel, Luftmatratze, Schlauchboot und was man sonst noch alles braucht, um einen Tag am Meer zu überstehen, beladen, während die Kinder Clementina und Carletto bereits so überdreht waren, dass sie die armen Eltern noch mehr auf Trab gehalten hatten als gewöhnlich. Erschöpft gingen die vier am späten Abend zu Bett und freuten sich auf den kommenden Tag.

Es war eine weitere, drückend heiße Nacht in der Ewigen Stadt. Sämtliche Fenster standen sperrangelweit offen, dennoch stand die Luft regelrecht. Von draußen her dröhnte auch noch zu später Stunde der Autolärm, ein Motorrad fuhr laut knatternd vorbei, Jugendliche grölten und lachten, und immer wieder hörte man irgendwelche Sirenen von Krankenwagen oder Polizei.

Und Paolo wusste genau, wann die Ampel vor ihrem Wohnhaus

grün wurde. Er hörte die zahlreichen Roller wieder und wieder, die sich bis hin zum Anfang an den wartenden Autos vorbeigeschlängelt hatten und deren Fahrer stets den Motor ihrer Scooter um die Wette aufheulen ließen. Ständig ertönte ein Hupkonzert, wenn es grün wurde und der ein oder andere wartende Autofahrer nicht schnell genug aufs Gaspedal trat. Einmal war das laute Quietschen einer Vollbremsung zu hören, gefolgt von der lauten, typisch römischen Beschimpfung: „Li mortacci tua!"

Und immerzu bellten irgendwelche Hunde – es war das reinste Konzert, das sogar das laute und ständige Zirpen der Grillen übertönte. Zu allem Überfluss war da noch diese verdammte, lästige Stechmücke, die ständig dicht an Paolos Ohr herumflog! Aber morgen … morgen würden sie sich am Strand endlich ausruhen können und im kühlen Meer erfrischen.

Müde, verschwitzt und zerstochen waren sie am nächsten Morgen aufgestanden, hatten die Lasagne, Kekse, Wasser, Limonade, Cola, Wein und verschiedenes Obst im Wagen verstaut und dann noch schnell mehrere belegte Brötchen und Hähnchenbrust besorgt.

Kurz waren sie in die bereits gut besuchte Bar geeilt, um schnell noch einen Espresso zu trinken, ein Cornetto zu essen und den Kindern zwei mit Creme gefüllte Bomben zu kaufen, welche diese gierig verputzten.

Dann fuhren sie los, ließen Testaccio hinter sich und waren schon bald auf der Ostiense. Anfangs verlief ihre Fahrt noch recht gut, doch noch bevor sie überhaupt die via Cristoforo Colombo erreichten, staute sich bereits der Verkehr. Ganz Rom schien aus der Stadt fliehen zu wollen – und so standen sie schließlich dicht an dicht zwischen hupenden Autos mit schimpfenden, genervten Insassen.

Paolo beneidete frustriert die Motorradfahrer, die sich, wenn auch mit einigen Schwierigkeiten, links und rechts an der ellenlangen, glühenden Kolonne aus Blech und Eisen vorbeimogelten.

Maria war bereits jetzt schon nass geschwitzt und wedelte hektisch mit ihrem Fächer herum. Die Klimaanlage funktionierte nicht und Paolo schimpfte auf die anderen, deren Klimaanlagen vermutlich funktionierten, weshalb sie den Motor laufen ließen, obwohl es schon seit fast einer Stunde nicht mehr vorwärtsging.

Mittlerweile war das Chaos ausgebrochen. Ein qualmender alter Sprinter blockierte die ohnehin schon verstopfte Straße. So manches, zu schwer beladene Auto hatte bereits platte, durch die erbarmungslose Hitze geschmolzene Reifen, die am glühenden Asphalt regelrecht festzukleben schienen. Weiter vorne war es zu einem Auffahrunfall gekommen.

„Kein Wunder, wenn man dem Vordermann so dicht am Hintern hängen muss“, dachte Paolo kopfschüttelnd. Die in den Unfall Verwickelten beschimpften sich laut und beschuldigten den jeweils anderen – und nun wollten auch noch die Polizei und der Krankenwagen durch dieses Verkehrschaos hindurch. Paolo seufzte entnervt und scheuchte zum gefühlt hundertsten Mal einen Fensterwischer von der Windschutzscheibe seines Fiat Multipla.

Clementina auf dem Hintersitz heulte, Carletto quengelte und musste dringend auf Toilette, Maria hing am Smartphone, gestikulierte hin und wieder, während sie leidenschaftlich mit ihrer Schwester diskutierte, deren Stimme Paolo laut und deutlich vom anderen Ende der Leitung vernehmen konnte.

Doch irgendwie, ja, irgendwie schafften sie es schließlich endlich nach vier geschlagenen Stunden, die knappen dreißig Kilometer hinter sich zu bringen und ihr Ziel zu erreichen.

Familie Rossi hatte beschlossen, auf die zahlreichen Badeanstalten von Ostia zu verzichten, denn diese verpflichteten ihre Gäste dazu, Sonnenschirm und Liege zu mieten – und das für teures Geld. Also fuhren sie etwas weiter zu den sogenannten Cancelli, wo es den freien Strand gab. Natürlich waren die Parkplätze hinter den Toren allesamt belegt, doch mit viel Glück gelang es ihnen, weiter oben auf der Straße noch eine Lücke zu finden. Und sogleich kam auch schon ein selbst ernannter Parkplatzhüter angeeilt und wies Paolo mit energischen Gesten in die Parklücke ein.

„Vieni, vieni!“, rief er und sorgte dafür, dass Paolo mehrmals an die Stoßstange des vorderen Autos und genauso oft an die des hinteren Autos stieß, um endlich in diese Lücke hineinzupassen. Der Kerl hob den Daumen und verlangte sogleich fünf Euro. Dann ließ er sich auf eine Diskussion mit Maria ein, die nicht einsah, dass man solch einem Betrüger auch noch Geld geben sollte.

Paolo aber schritt beschwichtigend ein und zahlte, schließlich konnte man nie wissen, was diese Kerle womöglich noch mit dem Wagen anstellten, und entlud den Kofferraum mit fast schon akrobatischen Einlagen.

Dann packten sie all ihre Taschen, Tüten, Stühle, Liegen und den Schirm und machten sich auf den Weg hinunter zum Strand. Während Maria sich um Carletto und Clementina kümmerte, ihnen aus ihren Kleidern half, sie eincremte und mehrmals daran hinderte, sogleich ins Wasser zu rennen, war Paolo noch mehrmals hin und her gelaufen und herumgeturnt, um den Rest ihrer Siebensachen zu holen. Dann platzierte er den Sonnenschirm und die Liegen, während Maria den Picknicktisch deckte, denn es war ja schon längst Essenszeit.

Nach mehreren Diskussionen, Tränen und bösen Blicken seitens der Kinder, die nach dem Essen nicht ins Wasser gehen durften, da es bekanntlich gefährlich war, mit vollem Magen zu baden, erbarmte sich Paolo dazu, das Schlauchboot aufzupumpen und die zwei Quälgeister hineinzusetzen, um sie durchs seichte Wasser zu ziehen. Wie gerne hätte auch er endlich mal im angenehmen Schatten des Sonnenschirms entspannt, dachte er wehmütig.

Als Maria schließlich die Kinder übernahm, die nun mit Eimer und Schaufel im Sand beschäftigt waren, machte es Paolo sich endlich auf seiner Liege bequem und ignorierte die kreischenden Jugendlichen, die Pingpong-Spieler, die durch ihre Sprünge den Sand auf ihn wirbelten und auch die ältere Dame in unmittelbarer Nähe, die schon seit ihrer Ankunft am Telefon hing und ihrem Gesprächspartner all ihre intimsten Geheimnisse offenbarte, sodass es Paolo so manches Mal die Röte ins Gesicht trieb. Überhaupt fand er es ziemlich frech, wie dicht sich eine andere Familie zu ihnen setzte, die noch später eingetroffen war. Sie saßen ja bald schon unter ihrem Sonnenschirm!

Paolo stöhnte, als er von einem Fußball getroffen wurde, und erschrak regelrecht, als ein Hund aus dem Wasser gesprungen kam, sich direkt vor ihm schüttelte, um sich dann auf Marias Handtuch zu wälzen. Und kaum, dass er am Eindösen war, stand ein Händler vor ihm. Zunächst lehnte er dankbar ab, denn irgendwie taten ihm diese Kerle leid, die sich kilometerlang voll beladen abschleppten und regelrechte Marktbuden mit sich trugen. Einer hatte sich ein Gestell mit gleich zwei meterlangen Kleiderstangen über die Schultern gehievt, ein anderer balancierte einen meterhohen Stapel an Hüten auf seinem Kopf. Paolo staunte über diese bewundernswerten Darbietungen und all die Kraft, welche diese Burschen aufbringen mussten.

Dennoch nervte es irgendwann, denn selbst wenn er sich schlafend stellte, wurde er belästigt.

„Vu cumprà? Belle cose! Tu guarda! Tu compra! Occhiali vuoi? Tu vuoi capello? Serve asciugamano? Costume? Bella borsa per tua moglie! Tu fa regalo! Bei gioielli, guarda! Vestiti belli, tu non compra? Serve custodia cellulare? Scialle bello per tua moglie? Coperta serve? Pantaloni vu cumprà? Giochi per bambini, tu vuoi? Serve ciambella? Costa poco! Io faccio sconto, tu quanto dai?"

Nein! Paolo brauchte keine Sonnenbrille, kein Handtuch, keine Badehose, keine Tasche, keinen Schmuck, keine Kleider, keine Handyhüllen, keine Tücher, keine Decken, keine Hosen, kein kitschiges Spielzeug, keinen Schwimmreifen, er brauchte keine Rabatte, er brauchte einfach nur seine verdammte Ruhe!

„Buon giorno, signore, tu vuoi massaggio?", bot nun eine zierliche Asiatin an. Das war ja mal eine Abwechslung, aber nein, selbst wenn ihm eine Massage sicherlich guttun würde, so wollte er auch keine Massage! Verzweifelt wendete er sich von dem nächsten sich nähernden Strandhändler ab und fuhr erschrocken zusammen, als ein lautes: „Cocco bello!", zu ihm dröhnte. Nein, er wollte auch keine Kokosnuss!

Doch schließlich musste Paolo sich erheben, als das Wägelchen des Grattacheccaro vorbeikam und Carletto und Clementina so lange quengelten, bis Paolo ihnen das geliebte Grattachecca-Eis mit Sirup kaufte.

Er hatte es sich gerade wieder bequem auf seiner Liege gemacht, als es laut donnerte. Paolo blinzelte überrascht und traute seinen Augen nicht. Woher kam denn jetzt plötzlich diese pechschwarze Wolke?

Am Strand brach das Chaos aus, denn jeder packte hektisch seine Habseligkeiten ein und stürmte los. Genauso auch Familie Rossi.

Nach mehrmaligen erneuten Stoßstangenanstößen vor und zurück schafften sie es erfolgreich aus ihrer Parklücke. Es gelang ihnen irgendwann auch, sich in der nicht endenden Schlange einzureihen, und gerade als sie endlich ein paar Meter vom Fleck gekommen waren, verzog sich doch tatsächlich diese verdammte Wolke und der Himmel war erneut strahlend blau.

Seufzend blickte Paolo hinab auf das ruhige Meer und auf den menschenleeren Strand und ärgerte sich insgeheim über Maria, die ihn in regelrechte Panik versetzt hatte und ihn abermals vollbepackt hin und hergejagt hatte, während sie ihn immer wieder auf die Gefahr bei Gewitter hinwies.

Müde und erschöpft hatten sie am Ende eine Pizza gegessen, nachdem sie ewig lange nach einem Lokal gesucht hatten, in dem es noch einen Platz für sie gab.

Aber das nächste Wochenende würde bald schon kommen, und dieses Mal würde es besser werden. Ganz bestimmt!

Pamela Murtas *wurde 1975 in Frankfurt-Höchst geboren, lebte jedoch seit ihrem zehnten Lebensjahr in Italien, wo sie an der Deutschen Schule Mailand ihr Abitur absolvierte. Nach drei Jahren Moskauaufenthalt kehrte sie nach Italien zurück, um in Rom professionellen Reitsport zu betreiben. Seit 2007 wohnt sie erneut in Deutschland. Veröffentlicht hat sie bisher den vierteiligen Abenteuerroman „Destini", außerdem weitere Kurzgeschichten und Gedichte in verschiedenen Anthologien.*

Sommerabend

Endlich ist Ruhe eingekehrt,
der Wind hat sich gelegt,
ein heißer Sommertag sich dem Ende nähert,
die Sonne am Horizont langsam untergeht.

Die Temperaturen nun erträglich sind,
ein erleichtertes, tiefes Durchatmen von Mensch und Natur,
am Sommerabend nun das Leben beginnt,
wir genießen es pur.

Ein Pläuschchen mit den Nachbarn hier und dort,
alle bestaunen die letzten Sonnenstrahlen,
sie verzaubern alles in einen magischen Ort –
wie von Zauberhand gemalen.

Ich ziehe mich zurück,
lasse gedankenverloren den Blick schweifen,
entfliehe der Realität ein Stück,
spüre, wie die zarten untergehenden Strahlen mich ergreifen.

Ich spüre Berührungen auf meinem Arm,
die langsam zu den Händen wandern,
nach und nach nehmen sie ein Aussehen an
und es finden zwei Hände zueinander.

In schwachen Umrissen erscheint eine Gestalt,
meine Gedanken kreisen,
doch die Neugier siegt so bald,
ich begebe mich mit auf unbekannte Reisen.

Die strahlende Person
führt mich in eine wundersame Welt.
Ich bin jetzt schon fasziniert von dieser Aktion
und voller Erwartung, was sich noch dazugesellt.

Auf goldene Strahlen schwebend,
voller Fantasie und Euphorie,
den Wechsel von Tag auf Nacht erlebend,
dies geschieht in der Realität so nie.

Faszination beim Spiel mit Schatten und Licht,
mystisch und geheimnisvoll ...
diesen Bann breche ich nicht,
denn ich fühle mich wundervoll ...

Träume weiter in meiner goldenen Fantasie,
genieße den Einfluss der mich berührend goldenen Hände,
in Einklang mit der Natur und Harmonie
hat der Traum auch irgendwann ein Ende.

Für mein Liebe zum Leben
werde ich immer alles geben.
Für meine Liebe zum Träumen
werde ich in der Realität immer Zeit einräumen.

Ines Reimer, *Jahrgang 1970, lebt mit ihrer Familie in Mecklenburg-Vorpommern. Nach dem Schulabschluss erlernte sie den Beruf der Kindergärtnerin und schulte später zur Krankenschwester um. Sie liebt das Arbeiten mit Menschen und ist schon viele Jahre im psychiatrischen Bereich tätig. Aus gesundheitlichen Gründen kann sie ihre Tätigkeit nicht mehr voll ausüben und hat sich mehr und mehr ihren Gedichten gewidmet. Diese dienten anfänglich zur Verarbeitung von Sorgen, Problemen und Ängsten. Mittlerweile gibt es eine umfangreiche Sammlung von Gedichten und Geschichten aus ihrem täglichen Leben.*

Musik kann verbinden

Die Sonne brannte heiß vom Himmel und ich fühlte mich nur im Schatten wohl. Die Temperaturen hatten dieses Jahr Höchstwerte erreicht. In wenigen Tagen musste ich aber hinaus in die Sonne. Auch wenn mich dieser Punkt nervte, freute ich mich auf das Musikfestival. Endlich wieder tanzen, Musik und neue Leute kennenlernen.

In den frühen Morgenstunden, wenn die Stadt noch etwas kühler war, ging ich alle Vorräte besorgen, die ich dafür brauchte. Ab Mittags war es in der Stadt viel zu heiß.

Zu Hause ging ich meine Checkliste durch. Ein paar Punkte konnte ich abhacken, bei anderen musste ich mich mit meiner Freundin Annika, mit der ich zum Festival fuhr, kurzschließen. Da sie aber ein Mensch war, der mit rechtzeitiger Planung nicht so viel am Hut hatte, war unsere Kommunikation eher: „Ja, mach ich noch."

Schlussendlich war ich dann so nervig, dass sie zumindest zwei Tage zuvor alles zusammenhatte.

Doch dieses Mal war es anders. Am Abend zuvor klingelte es an meiner Tür. Blinzelnd und augenreibend betrachtete ich sie. „Wie zum Donner hast du es geschafft, dir das Bein zu brechen, Annika?"

„Ähm ... ja, Treppen."

Ich verdrehte die Augen. „Und jetzt?"

„Keine Panik, Dennis, ich habe alles organisiert."

Da war ich ja mal gespannt.

Halb hüpfend und auf Krücken lief sie in mein Wohnzimmer. Sie setzte sich, während ich ihr eine Flasche Wasser anbot. Sie lächelte mich an. „Wir fahren, also keine Panik. Nur ich halt nicht und wir sind zu fünft im Auto."

„Okay?"

„Du kannst dich doch an die beiden Mädels erinnern, die neben uns ihr Zelt hatten?"

Schwer, aber ja, irgendwas war da.

„Sie fahren dieses Jahr auch und nehmen uns mit."

Begeistert war ich nicht, aber besser, als das Geld zum Fenster hinauszuwerfen und in dieser stickigen, viel zu heißen Stadt zu sein. „In Ordnung“, gab ich seufzend von mir.

So stand ein VW-Bus mit Anhänger knapp zwei Stunden später vor meiner Tür. Nun erinnerte ich mich auch an die zwei. Der Mann wiederum sagte mir nichts.

„Schön, euch zu sehen“, sagte die erste Frau und umarmte mich. Sie war kleiner als ich und hatte dunkelrote Haare. Auch die zweite drückte mich kurz. Diese war so groß wie ich und hatte kurze, bunte Haare. Herr Gott, wie hießen die denn noch mal?

„Chantal, Jacky, Dennis, ich bräuchte mal Hilfe“, rief Annika aus dem Flur heraus.

„Ich mach schon“, brummte der Mann und ging ins Haus.

„Der Stinkstiefel ist mein Bruder. Willst du ihn ärgern, nenne ich Basti“, sagte die mit den kurzen Haaren.

„Hab ich nicht vor.“

„Dann sag lieber Sebastian zu ihm.“

Er kam mit dem Pavillon und den Campingstühlen heraus. „Chantal, mach mal die Plane auf.“

Die neben mir nickte und ging zu ihm. Nun konnte ich auch die Namen richtig zuordnen – bunt war Chantal, rot Jacky.

Knapp eine halbe Stunde später war alles im Anhänger verstaut und wir nahmen Platz. Annika saß ganz hinten wegen der Beinfreiheit. Jacky und Chantal davor und ich musste mich neben Sebastian setzen. Die Fahrt begann also nicht wirklich toll.

Sebastians Gesicht konnte nur finster dreinblicken. Von Lächeln oder Reden hielt er nicht viel. Während der ganzen Fahrt von Köln nach Budapest und den Pausen war bei uns vorne also eher Schweigen angesagt, während die sich hinten sehr amüsierten.

Auf dem Festivalplatz bauten wir alles auf. Da war ich über seine Hilfe dann doch froh. „Und auf welche Band freust du dich?“, wollte ich von ihm wissen, als er mir beim Zelt aufbauen half. Ich hoffte ja, dass er nun etwas gesprächiger war.

„Keine“, brummte er.

„Ich versteh nicht, wie ...“

Er stand auf und ging sich durch seine hellbraunen Haare. „Ich bin nur hier, weil meine dumme Schwester keinen Führerschein mehr hat und ihre Freundin nie einen besessen hat. Und ihr ja anscheinend auch nicht, also bin ich der Depp, der besoffene Idioten und Krach ertragen muss."

„Annika ist verletzt, falls du das nicht mitbekommen hast."

„Und du?"

„Das geht dich zwar nichts an, aber es gibt auch Menschen, die einen Schein haben, die das Ganze aber zu nervös macht, um geradeaus zu fahren."

Er runzelte die Stirn.

„Ich habe Angst. Zu schnell kann ein Fehler passieren, der mich das Leben kostet."

Darauf sagte er nichts mehr und baute weiter auf.

Nachdem alles war, wie wir es haben wollten, krabbelte er in sein Zelt und schlief. Verdient hatte er es sich, das musste ich zugeben.

„Wann startet das erste Konzert?", fragte ich in die Runde und setzte mich auf meinen Campingstuhl neben Annika.

Sie zuckte mit den Schultern. Auch die beiden anderen hatte keine Ahnung. Seufzend erhob ich mich wieder. „Dann werde ich mal schauen, dass ich einen Plan erbeute."

Meine Freundin nickte mit roten Wangen. Kein Wunder, es war eigentlich ihre Aufgabe, das Ding auszudrucken. Eigentlich gab es auch eine App für das Sziget-Festival, aber da wir unsere Handys immer zu Hause ließen, brauchten wir es auf Papier. Zum Glück war es hier so multikulti, dass ich mich in Englisch oder Deutsch unterhalten konnte. Zur Not mussten Hände, Füße und Körper zum Einsatz kommen. Schlussendlich traf ich alte Bekannte, die einen Ausdruck für uns hatten.

Als ich zu unseren Zelten zurückkam, war Sebastian wieder wach und las ein Buch. „Wo sind die anderen hin?", wollte ich wissen.

„Essen holen." Er rieb sich die Stirn.

„Wolltest du nicht schlafen?"

„Bei dem Krach?"

„Nicht an Ohropax gedacht?"

„Ich bin hierfür kein Experte." Er klappte das Buch zusammen. „Ich bevorzuge Natur und Ruhe, das hier strapaziert meine Nerven."

Und wir waren noch nicht mal gestartet. Was würde er in fünf Tagen sagen? Schmunzelnd kniete ich mich zu ihm. „Schau mal, hier gibt es auch Theateraufführungen und Comedyshows."

Er war das erste Mal, dass ich ihn jetzt lächeln sah.

„Ist trotzdem ein Unterschied."

„Klar, aber es ist die Vielfalt, die das hier ausmacht." Ich schubste ihn. „Und die Donau bietet Abkühlung."

Er verdrehte die Augen. „Mal sehen."

Doch er steckte weiterhin lieber die Nase in ein Buch, als mal etwas anderes zu probieren. Nur wenn ich ihn mitzog, ging er mosernd mit. Aber nur zu Sachen, die ihn auch interessieren konnten.

Während Annika mit den Mädels mehr zu Rock gingen, war ich irgendwie überall. Ich konnte mich nämlich nicht wirklich festlegen. Es gab einfach zu viel zu sehen. Und da war ja auch noch die Hitze, die mich zu mehr Pausen zwang, als ich es wollte.

„Du liest ja schon wieder", sagte ich zu Sebastian, als ich zu den Zelten kam.

„Jap, die Mädels sind ... keine Ahnung, um ehrlich zu sein."

Ich stieß ihn an. „Hunger?"

Seine Stirn legte er in Falten. „Es ist nicht mal eine Stunde her, dass wir was gegessen haben."

„Schon." Ich ließ mich auf den Stuhl fallen. „Aber irgendwie hab ich wieder Hunger und das nicht auf das, was es hier gibt."

„Wie meinst du das?"

„Lass uns Budapest ansehen gehen."

„Und wer passt hier auf?"

„Niemand, dafür hat man Nachbarn."

Seine dunkelbraunen Augen waren auf mich gerichtet. „Ich weiß nicht, Dennis."

Ich sprang auf und wandte mich an unsere Zeltnachbarn. „Hey, wir würden gern etwas in die Stadt, ist das in Ordnung, dass ihr hier mit aufpasst?"

„Klar."

Mein Blick ging zu Sebastian. „Siehst du?"

„Und was ist, wenn die auch weggehen?"

„Komm schon, sei nicht so ein Stinkstiefel, wie es deine Schwester gesagt hat."

Der vom anderen Zelt lachte: „Keine Sorge, ich bin grade zu fertig, als dass ich mein Versprechen breche. Und ich weiß ja, wer zu euch gehört."

„Da, du hast keine Ausrede mehr", meinte ich darauf.

Er seufzte. „Ich werde es dir übel nehmen, wenn doch was passiert.“ Ich grinste, schrieb kurz auf einen Zettel eine Nachricht an die Mädels und zog ihn mit.

„Ich bin kein Stinkstiefel.“ Wir hatten gerade das Gelände verlassen und waren auf der Brücke angekommen, die zum Festival führte.

„Doch, manchmal definitiv.“

„Nein, ich hab einfach nur oft keine Lust auf das, was alle tun. Ich bin einfach ich und das hier ist nicht meins.“

Ich lief vor ihm und stieß mit dem Finger in seine Brust. „Aber du hast gelächelt, als ich dich entführt habe.“

Er verzog die Mundwinkel. „Du lässt mir auch keine andere Wahl.“

„Ich weiß, penetrante Nervensäge.“

„Oh ja“, meinte er lachend und nahm mich in den Arm. „Aber das lässt das hier nicht so ätzend sein, wie ich gedacht hatte.“

„Ha, dir gefällt es.“

Er sagte nichts darauf, aber er lächelte und das wertete ich als ein Ja.

Mit der Straßenbahn ging es in die Stadtmitte. Wir schlenderten durch kleine Gässchen, fanden versteckte Läden, sogar eine antike Buchhandlung, wo er vermutlich das einzige Buch fand, was auf Deutsch geschrieben war. Kurz vor Schließung der Tore gingen wir wieder zurück.

„Wie war es?“, fragte Annika, als ich ihr die Ohrringe überreichte, die ich für sie gefunden hatte.

„Warm“, sagte ich.

„Jacky und Chantal sind baden, falls du sie suchst.“ Annika blickte zu Sebastian.

„Hier alles gut?“, wollte er wissen.

„Stinkstiefel“, brummte ich.

„Bin ich nicht, das haben wir geklärt.“

„Gerade aber wieder“, meinte ich und streckte ihm die Zunge heraus. Annika lachte. Verwirrt sah ich zu ihr, doch sie winkte ab.

Statt jetzt nur seine Bücher im Kopf zu haben, ging er auch mal mit mir über das Gelände. Bei der Magic-Show setzten wir uns sogar. Selbst tanzen ging er ab und zu mit mir. Und dann kam die Heimfahrt. Schweren Herzens hieß es, wieder alles abbauen. Das erledigen wir Mädchen und ließen ihn in dem Bus schlafen, er hatte ja noch die Fahrt vor sich. „Sogar fast alles heil geblieben“, meinte Annika, als wir die Plane vom Anhänger schlossen.

„Dank unseres Aufpassers.“

Sie nickte. „Da du gerade von ihm sprichst, wir fragen uns, was geht da zwischen euch?“

„Wer ist *wir* und was habt ihr geraucht?“

„Seine Schwester, Jacky und ich. Wir sind nicht blind. Da ist doch etwas zwischen dir und dem Bücherwurm.“

Ich zuckte mit den Schultern. „Eigentlich nicht. Er ist in Ordnung, aber wir sind zu verschieden.“

„Ha, du hast dir darüber Gedanken gemacht. Du magst ihn.“

Ich verdrehte die Augen. „Du bildest dir da was ein.“

Sie schüttelte den Kopf, aber sagte darauf nichts mehr.

Nachdem die Mädels mit dem Frühstück da waren, weckten wir ihn, aßen und machten uns auf den Weg nach Hause. Während er auf der Hinfahrt eher wütend und mürrisch wirkte, war er jetzt eher nachdenklich. Aber zum Reden konnte ich ihn nicht animieren.

In Köln angekommen, räumten wir meine und Annikas Sachen aus dem Anhänger. Tief atmete er durch.

„Was ist?“, fragte ich ihn.

„Jetzt heißt es auf Wiedersehen.“

„Wir sind ja nicht aus der Welt“, mischte sich Annika ein. „Ich hab ja die Nummer deiner Schwester.“

Er nickte und nahm mich in den Arm. „Danke, dass du es erträglich gemacht hast.“

„Gerne.“ Anschließend drückte ich Chantal und Jacky.

„Nächstes Jahr dann wieder“, meinte Jacky.

Sebastian schnaubte. „Das werden wir sehen.“

Ich lachte auf. Sie stiegen ein. Annika und ich winkten ihnen, bis sie nicht mehr zu sehen waren.

„Ich war fest in dem Glauben, dass da was von ihm kommt“, sagte sie, als wir reingingen.

„Tja, du hast dich getäuscht.“

Aber um ehrlich zu sein, hätte ich nicht gewusst, wie ich reagiert hätte. Einerseits mochte ich ihn, aber anderseits wusste ich nicht, ob ich das wollte. Klar, Düsseldorf war jetzt nicht sehr weit weg, aber auch nicht um die Ecke. Davon mal abgesehen, dass wir zwei komplette unterschiedliche Typen von Menschen waren. Er eher introvertiert mit seinen Büchern und ich die Abenteuerlustige, die sich eher zu den Extrovertierten zählte.

Dennoch musste ich mir die Tage danach eingestehen, dass mir seine ruhige Art fehlte. Es war niemand mehr da, der mich dazu brachte, kurz innezuhalten und einfach nur zu genießen. Natürlich waren auch unsere kleinen Neckereien etwas, das ich vermisste.

Nach zwei Wochen gab ich diesem Gefühl, etwas tun zu müssen, nach. Daher schrieb ich Annika wegen der Telefonnummer von Chantal. Genervt, weil sie mir nicht antwortete, wollte ich zu ihr. Als ich die Tür aufmache, erblickte ich den Bus von Sebastian. Verwundert schaute ich hinein. Er schien mit sich selber zu diskutieren. So sah es für mich zumindest aus. Ich klopfte an die Scheibe und er wandte sich erschrocken mir zu.

Schnell stieg er aus. „Hey, Dennis“, sagte er und wischte seine Hände an der Jeans ab.

„Was machst du hier?“

„Äh ich, also ...“

Schmunzelnd nahm ich ihn in den Arm. „Ich habe dich auch vermisst.“

***Luna Day** lebt mit ihrer Familie in Augsburg.*

Diamantenregen

Sommersonnenschein,
die warmen Temperaturen luden zum Genießen ein.
Ein Bilderbuch-Sommertag –
wie sich ein jeder es wünschen mag.

Die Leichtigkeit ist überall zu spüren,
die Wettersignale wir dabei oft ignorieren.
Unser kleines Auto sich auf dem Heimweg befand,
als plötzlich ein Gewitter über uns stand.

Dunkle Wolken zogen auf,
die Vorhersehung nahm ihren Lauf.
Das Auto wurde gepeitscht von riesigen Tropfen,
es war ein Rauschen, Hämmern und Klopfen.

Durch die Heftigkeit des Regens erschrocken,
brachte es die Fahrt zum Stocken.
Es prasselte auf uns ein,
am Horizont kämpften Wolken und Sonnenschein.

Von der Geschwindigkeit getrieben,
blieb kein Wassertropfen liegen.
Stetig wanderten sie fort,
als wollten sie an einen geheimnisvollen Ort.

Und dann ist es geschehen,
die Sonne bahnte sich ihren Weg ...
und wir konnten nichts mehr sehen.
Wir schoben einen riesigen Wasserspiegel vor uns her,
im Einklang tänzelten Sonnenstrahlen und Wassertropfen
und blendeten uns sehr.

Plötzlich, gemalt von einer magischen Hand,
ein strahlendes, funkelndes, wundervolles Bild entstand.
Diamanten über Diamanten konnten wir nun sehen,
welch Wunderwerk der Natur war gerade geschehen.

Übersät von kleinen funkelnden Wasserdiamanten,
wir unser Auto nun *Juwel* nannten.
Dieses atemberaubende Bild prägte sich tief ein,
und wird für uns immer ein *Magic Moment* sein.

Ines Reimer, *Jahrgang 1970, lebt mit ihrer Familie in Mecklenburg-Vorpommern. Nach dem Schulabschluss erlernte sie den Beruf der Kindergärtnerin und schulte später zur Krankenschwester um. Sie liebt das Arbeiten mit Menschen und ist schon viele Jahre im psychiatrischen Bereich tätig. Aus gesundheitlichen Gründen kann sie ihre Tätigkeit nicht mehr voll ausüben und hat sich mehr und mehr ihren Gedichten gewidmet. Diese dienten anfänglich zur Verarbeitung von Sorgen, Problemen und Ängsten. Mittlerweile gibt es eine umfangreiche Sammlung von Gedichten und Geschichten aus ihrem täglichen Leben.*

500 Kilometer quer durch Deutschland – Sommer 2022

Hallo zusammen. Habt ihr euch schon einmal etwas vorgenommen, bei dem ihr irgendwann an eure Grenzen gekommen seid und abwägen musstet, weiterzumachen oder aufzuhören? Bei mir war das nach vielen Sportjahren einmal bei einem Wanderevent der Fall. Und zwar im Sommer 2022. Vielleicht mag es schon eine Weile her sein, aber ich würde euch dennoch gerne von diesem Vorhaben und Eindrücken unterwegs berichten. Viel Freude beim Lesen.

Die Idee, einmal mehrere Tage hintereinander zu wandern, stand für mich schon lange im Raum. Noch nicht klar war, ob dies im Rahmen einer längeren Pilgerwanderung der Fall sein würde. Vor vielen Jahren bin ich einmal mit einer Bruderschaft von Lich-Steinstraß nach Trier gepilgert. Wohl nur von mittwochs bis sonntags.

Den Rückweg hätte ich damals auch antreten können, doch wäre es derselbe Weg gewesen – und der Hinweg reichte mir. Wir standen damals früh auf und waren den ganzen Tag unterwegs. Irgendwann verlor ich zwischendurch das Zeitgefühl. Und genau das wünschte ich mir, erneut fühlen zu dürfen. Ich verfolgte Berichte zu einem Wanderevent, das ich namentlich nicht nennen werde, um rechtliche Gründe nicht zu verletzen, aber von dem ich neutral berichten kann.

Das Ziel des Events war es, in einer kleinen Gruppe von Ultrawanderern 1000 Kilometer in 20 Tagen durch Deutschland zu wandern. Wie es der Zufall wollte, traf ich bei einem anderen Wandertag einen Wanderer, der schon einmal dabei war. Ich durchlöcherte ihn mit Fragen, die mir bei der Verfolgung der Berichte im Netz zu dem Event durch den Kopf schwirrten, jedoch unbeantwortet blieben, bis ich auf ihn traf. Seine Erzählungen beflügelten mich, das Event selbst einmal mitzumachen. Im Sommer 2022 konnte ich für drei Wochen Urlaub nehmen, sodass ich im Januar 2021 den Veranstalter kontaktierte und mich anmeldete. Die Zusage kam und die Vorbereitung ging los.

Das Schlimmste für mich war die Entscheidung, was ich für 20 Tage unterwegs einpacken sollte beziehungsweise welches Zelt ich mir besorgen und was ich an sonstigem Equipment brauchen würde. Ich hatte zwar in der Kindheit gezeltet, aber das war so lange her, dass ich mich mit den heutigen Zeltarten nicht mehr auskannte und erst einmal über mehrere Wochenenden verschiedene Qualitätsberichte und Testberichte recherchierte und auch Feedbacks durchlas. Letzteres hätte ich besser sein gelassen. Diese irritierten, da fast jedes Zelt nicht wasserdicht zu sein schien und zu jedem Zelt irgendetwas Negatives im Netz stand, sodass ich fast nicht mehr wusste, welches ich eigentlich nehmen sollte. Die Berichte brachten mich schließlich von einem Zwei-Personen-Zelt ab, welches sich hinterher als die bessere Wahl von der Größe herausstellte. Aber das konnte ich zu dem Zeitpunkt noch nicht wissen. Ich ließ mich von den Wassersäulen irritieren. So bestellte ich ein Bundeswehrzelt mit einer 10000er Wassersäule und extra einer Bodenplane, aber als Ein-Mann-Zelt. Letztlich für zwei große Taschen, die ich für zwei Wochen packte und mit mir während der Bahnreise nach Grainau, Bayern, über verschiedenste Bahngleise schleppte, zu klein. Ich war diese Taschen bereits bei der Anreise leid. Irgendwann erreichte ich nach einigen

Malen Umsteigerei die Zugspitzbahn, die mich zum Aufenthaltsort in Grainau brachte.

Der eigentliche Trail ging am 30. Juli los. Ich entschied jedoch, schon früher nach Grainau zu reisen. Der Ort Garmisch-Partenkirchen als auch die Zugspitze befanden sich in der Nähe, die ich vorher sehen wollte. Garmisch-Partenkirchen ist hauptsächlich durch mehrere Skigebiete und das Olympia-Skistadion mit der großen Olympiaschanze bekannt. Diese konnte ich auf einer meiner Vorabwandertouren aus der Ferne bewundern. Die Gesamthöhe der Großschanze beträgt stolze 149 Meter. Man kann diese wohl auch kostenlos besichtigen, aber dafür blieb mir leider nicht die Zeit. Ich konnte gerade mal durch die Stadt wandern, einen Einkaufsbummel durch einige Geschäfte machen und trat dann nach einer Stunde Aufenthalt in Garmisch die Rückwanderung an.

Unterwegs überraschte mich ein Gewitter. Über Gewittern in den Bergen wusste ich, dass diese mit Vorsicht zu genießen waren. Davon nahm ich jedoch bei anderen Sportlern oder Wanderern, die ich unterwegs antraf, nichts wahr. Das Gewitter und der Regen schienen sie nicht einmal zu stören. Also beschloss ich, meine Tour ohne Unterbrechung fortzusetzen, bis ich bei meiner Unterkunft war.

Eine andere Tour zur Zugspitze unternahm ich auch noch. Die Zugspitze ist mit ihren 2962 Metern höchster Berg Deutschlands. Ich hätte mit der Seilbahn hochfahren können, doch diese war mir zu teuer. Also entschied ich, kurzfristig wieder umzukehren. Ich hatte eigentlich auch schon genügend Eindrücke gewonnen und freute mich darauf, den Rest der Gruppe am Vorabend unseres ersten Wandertages in einem Restaurant zu treffen und kennenlernen zu können. Die Unterhaltungen verliefen gut, die Atmosphäre war sehr angenehm. Wir waren insgesamt zehn Teilnehmer, die quer aus Deutschland angereist waren, um zu versuchen, 20 Tage von Grainau bis nach Kühlungsborn an der Ostsee zu wandern. Übernachtet wurde jeden Abend auf einem anderen Zeltplatz. Der Plan sah erste nette Anfangstage mit Marathondistanzen vor. Ab Tag drei standen 50 Kilometer an und besonders happig fand ich Tag neun, zehn und elf mit je 60 Kilometern hintereinander. Im Grunde waren fast jeden Tag – bis auf Tag 14 – Minimum Marathondistanzen zu wandern. Tag vierzehn wäre dann ein lockerer 30er geworden. Allerdings hatte ich einige Bedenken bei den drei 60ern hintereinander. Ich war mir im Vorfeld nicht ganz sicher, ob ich diese schaffen würde. Wenn, dann würde ich entweder hier aussteigen oder komplett durchziehen, sollte ich die drei 60er schaffen.

Mal ehrlich. 1000 Kilometer in 20 Tagen quer durch Deutschland zu wandern, war schon ein großes Ziel. Oder? Vorsichtshalber entschied ich wohl für mich, den anderen nicht zu verraten, dass ich bereits einige Tage vorher gewandert war. Sollte ich aussteigen, wollte ich mir nicht die Blöße geben müssen, dass ich es im Vorfeld übertrieben haben könnte. Für mich war zwar einerseits auch ein Hauptziel, Kühlungsborn zu erreichen, allerdings wollte ich auch viel unterwegs sehen. Und ich konnte nicht mit Gewissheit sagen, ob ich noch einmal die Gelegenheit bekommen würde, mir Garmisch-Partenkirchen oder die Zugspitze anzusehen. Demnach war es mir die Entscheidung wert, vorher die Gegend zu erkunden.

Letztlich stellte sich für mich persönlich das ganze Stück durch Bayern auch als schönstes Stück heraus. Ich liebte die Natur in Bayern. Ich liebte die Berge. Ich liebte es einfach, durch Gatter gehen zu können, vorbei an Kühen, die auf Wiesen grasten, um dann die Weide wieder durch ein anderes Gatter zu verlassen. Laute Kuhglocken unterwegs zu hören, war für mich eine Wohltat.

Zwischendurch verabredeten wir mit dem Veranstalter über Handy per Livestandortmitteilungen Rastplätze. Man baute für uns Tische und Stühle auf, legte Verpflegung auf den Tischen aus und wartete, bis die letzte Kleingruppe oder der letzte einzelne Wanderer eintraf, bevor die Verpflegung abgebrochen wurde und zu einem anderen Punkt weiterfuhr.

Essen gab es reichlich. Auch gab es mein Lieblingsgetränk. Cola. Für den ein oder anderen ungesund. So manch gefallener Spruch. Für mich Extraenergie.

Unsere Strecke führte durch Ober- als auch Unterammergau. Hier machten wir uns einen Spaß daraus, das entsprechende Lied zu trällern. Ich wollte Ober- als auch Unterammergau schon immer mal gesehen haben, stellte jedoch fest, dass es keine besonderen Highlights für mich waren. Das waren vielmehr ein Kloster und die Natur an sich.

Campingziel des ersten Tages war Rottenbruch. Wohl beneidete ich die anderen bereits, die ein Zwei-Personen-Zelt dabei hatten. Für mich stellte sich bereits am ersten Tag heraus, dass meine beiden Taschen zu groß für mein Zelt waren. Netterweise durfte ich eine der beiden Taschen im Wagen lassen. Es war zwar etwas Umpackerei, doch besser, als eine Tasche über Nacht vor dem Zelt stehenzulassen, wo man nicht wissen konnte, was für ein Wetter kommen würde.

Am zweiten Tag wurde ich um sechs Uhr morgens wach. Startzeit war human gegen 07:30. Die zweite Strecke führte am Lech-Werkskanal entlang. Der Lech wird als landschaftlich reizvoll beschrieben, was ich persönlich gerne bestätige. Ein kilometerlanger Wanderweg führt hier um das Gewässer herum. Im Stausee gibt es viele unterschiedliche Fischarten, darunter der Karpfen, Aal, Barsch und die Bachforelle. Leider hatten wir zum Angeln keine Zeit. In Pößing suchten wir den Zeltplatz auf. Was war ich glücklich, meine zweite Reisetasche nicht wieder mit mir herumschleppen zu müssen.

Zeltauf- und -abbau stahlen täglich fast eine halbe Stunde. Dann kam noch das Duschen und Frühstück obendrauf. Das führte dazu, dass wir bei längeren Strecken früher aufstanden. Weckzeit an Tag drei: 05:00 Uhr morgens. *Im Frühtau zu Berge* hätte ein überaus passendes Lied für diese Situation sein können. Eine Entschädigung war, dass wir in einem Waldstück eine Gruppe von Hirschen in freier Wildbahn sehen konnten. Warum auch immer – die Tiere blieben stehen, statt vor uns davonzulaufen. So konnten wir alle Fotos von diesen wunderschönen, anmutigen Tieren schießen. Absolutes Highlight war an diesem Tag die Wanderung durch Augsburg zum Ende hin. Augsburg gilt als eine der ältesten Städte Bayerns. Dementsprechen spiegeln sich unterschiedliche Stilepochen in dieser Stadt wider. Das Rathaus soll sogar aus der Renaissance stammen. Leider hatten wir viel zu wenig Zeit, uns Augsburg genauer anzusehen. Das tat mir innerlich schon etwas weh, doch es galt, den Campingplatz zu erreichen. Hier wartete zum Abschluss des Tages Pizza auf uns.

Am vierten Tag wurden wir von der Hitze überrascht. Pralle Sonne unterwegs auf offenen Feldwegen ohne Bäume, die wenigstens Schatten hätten spenden können. Hinzu kam, dass die Strecke an einer Eisenbahnlinie entlangführte, die ich selbst als langweilig empfand. Unsere Gruppe zog sich allmählich in mehrere kleinere Einzelgruppen auseinander. Das Camp befand sich auf einem Kanu-Klub Gelände nahe Donauwörth. Dort wurde heftig die ganze Nacht durchgefeiert, während wir versuchten, zu schlafen.

Mein Mitwanderer packte wegen der Hitze erst gar nicht das Zelt aus, sondern legte seinen Schlafsack unter freien Himmel. Hinterher fand ich seine Idee toll, traute mich selber jedoch nicht, weil ich nicht abschätzen konnte, ob es in der Nacht regnen konnte. Ein Mitwanderer und ich sprachen mit dem Veranstalter für den nächsten Tag ab, dass wir früher aufstehen und uns unterwegs selbst verpflegen würden, sodass wir die Hitze ein wenig umgehen konnten. Er willigte ein.

So machten wir uns zu zweit bereits um drei Uhr morgens auf. Eigentlich hatte sich der Zeltaufbau gar nicht gelohnt. Das frühe Aufstehen holte mich dann am nächsten Tag ein. An diesem Tag standen 57 Kilometer auf dem Plan und wir starteten mit der Gruppe um vier Uhr morgens. Mit der Zeit gewöhnt man sich an frühes Aufstehen. Aber zu einem Urlaub gehört es definitiv nicht.

Tag sechs begann, ihr werdet es bestimmt erraten, erneut mit ziemlich frühem Aufstehen. Allerdings lenkte mich heute die Wanderung um einen See mit einem atemberaubenden Sonnenaufgang ab. Dieser war für mich Entschädigung genug, um mit wenig Schlaf unterwegs zu sein. Wir durchquerten auch eine ganze Reihe von Dörfern und Städten wie zum Beispiel Nürnberg. Wieder ein Highlight, bei dessen Anblick es innerlich wehtat, weiterwandern zu müssen, statt

hier einen längeren Aufenthalt einplanen zu können. Nürnberg war von mittelalterlicher Architektur geprägt und weist ein ganz anderes Stadtbild auf als Augsburg. Beide Großstädte waren einzigartig für sich und bewundernswert. Auf dem Hauptmarkt konnte ich wenigstens noch eine gotische Kirche bewundern, bevor es Richtung Campingplatz ging.

Am siebten Tag quälte uns erneut die Hitze. Meine Füße qualmten förmlich in den Schuhen, sodass ich abends den Fehler machte, ein längeres Fußbad zu genießen. Ratet mal, wie aufgequollen die Füße danach waren. Manchmal kann zu viel des Guten auch schaden. Ich würde heute fast behaupten, dass dies der größte Fehler war, der mir bei dieser Unternehmung unterlaufen ist.

So quälte ich mich an Tag acht, obwohl wenigstens die Temperaturen halbwegs angenehm waren. Irgendwann fluchte ich unterwegs über einen langen Weg mit Kieselsteinen, da ich jeden kleinen Stein unter meinen Füßen spürte. Asphalt konnte ich langsam auch nicht mehr sehen! So erschien mir jeder weiche Waldboden als freudige Abwechslung. Wer hätte gedacht, dass ich je einmal so einen Punkt erreichen würde? Bis dahin hatte ich solch ein Schmerzgefühl nicht gekannt. Dennoch schleppte ich mich irgendwie noch bis zum Camp. Meine Füße bekamen mitten in der Nacht eine wohltuende chinesische Fußpackung.

Die führte dazu, dass Tag neun etwas erträglicher war als Tag acht. Wir verließen Bayern. Auf einem Schild stand: *Willkommen in Thüringen.* Es gehört zu den kleineren Flächen der Bundesrepublik, scheint jedoch meines Erachtens ziemlich viel Waldfläche zu haben. Es war auch eine schöne Abwechslung, viele Wälder zu sehen, denn letztlich hatten wir heute 63 Kilometer vor uns. Manchmal frage ich mich heute, ob es gut war, im Vorfeld zu wissen, dass drei 60er hintereinanderkommen würden?

An Tag zehn hat mir letztlich das Wandern längerer Strecken gereicht. Vielleicht war es auch nicht gut gewesen, eine Nacht in einem bequemen Hotelbett zu verbringen statt auf hartem Campingplatzboden? Der Körper schrie am nächsten Morgen geradezu nach Muskelkater, woraufhin ich in Erfurt entschied, auszusteigen. Wir verbrachten hier erneut eine Nacht in einem Hotel. Doch dieses Mal wollte ich länger in meinem kuscheligen, weichen Bett liegen bleiben. Ich packte am nächsten Morgen die Sachen nicht ein, sondern teilte dem Veranstalter meinen Ausstieg mit. Der Ehrgeiz war zwar ein wenig geknickt, aber ich hielt es für das Beste, einen Tag Pause zu machen und mir dann in aller Ruhe die wunderschöne Stadt Erfurt anzusehen. Noch eine Großstadt zu durchwandern, ohne diese länger betrachten zu können, schaffte ich dieses Mal nicht. Erfurt ist die Hauptstadt von Thüringen. Dort warteten sehr viele Sehenswürdigkeiten auf einmal auf mich. So konnte ich mir nach einer Ruhepause ganze drei Tage lang Erfurt ansehen. Ich hatte Glück, dass das gebuchte Zimmer noch länger frei war, sodass ich problemlos noch in Erfurt bleiben konnte. Ich wanderte nach einem Erholungstag mit Pizza und Fernsehen zum Dinopark, bewunderte die Krämerbrücke in Erfurt, den Erfurter Dom, die Zitadelle, die historische Altstadt, eine Synagoge und klingelte sogar bei der Fernsehabteilung des KIKA, über die man Führungen hätte buchen können, aber leider nur im Voraus.

Nun frage ich euch. Wie hättet ihr entschieden? Hättet ihr euch weiter bis zum Endziel nach Kühlungsborn durchgeschleppt? Oder hättet ihr auch auf euren Körper gehört und eine Pause eingelegt?

Vanessa Boecking: *Autorin verschiedener Genres. „Damian, der Zauberer" Fantasy/ Märchen. „Osiris, die Supermumie" Fantasy/ Manga.*

Gastfreundschaft

In jedem Vor- und Schrebergarten
blüht und wächst, was man erhofft.

Die Sonne wärmt unser Erwarten
wieder einmal – wie so oft.

Sie lässt sich dieses Jahr nicht lumpen.
Und strahlt wie lange schon nicht mehr.

Kohlegrill und Wasserpumpen
kommen fast nicht mehr hinterher.

Das Jahr hat seine allerbesten Zeiten.
Die Eisverkäufer haben Konjunktur.

Der Sommer zeigt nur Sonnenseiten.
Und junge Damen knapp verhüllt Figur.

Gesucht wird jede Art von Schatten.
Nebst Luft, die bitte schön nicht steht.

Wir lieben ihn,
den Sommer, den wir hatten.

Und sind erleichtert,
wenn er schließlich geht.

Hartmut Gelhaar, *Jahrgang 1948, Rentner, lebt in Wernigerode. Hat bereits in mehreren Anthologien veröffentlicht. Eigener Podcast unter Youtube: „Lyrik für die Ohren“.*

Sommer daheim

Urlaub, die schönste Zeit des Jahres. Statt weit wegzufahren, hatte ich diesmal beschlossen, zu Hause zu bleiben. Balkonien und Terrassien, wie man so schön im Volksmund sagte. Da ich in einer ruhigen Gegend wohnte und auch der Wetterbericht vielversprechend klang, freute ich mich darauf, meinen Urlaub im Garten zu verbringen. Ich hatte nichts geplant, wollte einfach mal die Seele baumeln lassen und in den Tag hineinleben. Und ein gutes Buch lesen. Ich fieberte dem Krimi schon entgegen, der seit Monaten im Bücherregal lag und den ich mangels Zeit bisher noch nicht hatte lesen können.

Es war acht Uhr und herrlichster Sonnenschein drang in mein Schlafzimmer. Beschwingt und voll Vorfreude auf den Tag sprang ich aus dem Bett.

Meine Tasse in der Hand, den Duft des Kaffees unter der Nase, betrachtete ich die Natur von meinem Balkon aus. Alles leuchtete in sattem Grün und überall summte und zwitscherte es. Ich war wirklich gesegnet, an solch einem Fleckchen wohnen zu dürfen. Die Sonne kam gerade über die Dächer und mit geschlossenen Augen nahm ich genießerisch den ersten Schluck meines Kaffees, als von rechts der unverwechselbare Klang eines Zweitakters erschall. Ich riss meine Augen auf und sah, wie mein fast achtzigjähriger Nachbar Kurt seinen Rasenmäher gemächlichen Schrittes über seinen Rasen führte. Stück für Stück verschwanden Gänseblümchen und Löwenzahn unter der allfressenden Schnauze des roten Ungetüms. Etwas verlegen betrachtete ich meinen eigenen Rasen, der auch mal gemäht werden konnte.

Ich sah auf die Uhr. Es war jetzt halb neun. Wenn ich mich mit dem Frühstück beeilte, könnte ich um halb zehn im Garten sein. Schon im Begriff, mein Brötchen in mich reinzuschlingen, hielt ich inne. „Nein“, stoppte ich mich selbst, „du hast Urlaub. Da wird nicht gearbeitet.“ Das Einzige, was ich mir wirklich vorgenommen hatte, war, endlich den Krimi zu lesen. Es grenzte an ein Wunder, dass mir noch keiner auch nur ein Sterbenswörtchen verraten hatte, wo das Buch doch ein gehypter Bestseller war. Daher freute ich mich umso mehr, endlich in den Genuss dieses Meisterwerkes zu kommen.

Gesagt, getan. Ich schnappte mir mein Buch, ging in Richtung Apfelbaum und platzierte meine Klappliege direkt darunter. Ich saß noch nicht ganz, da stellte Kurt wie auf Kommando seinen Rasenmäher ab und sah zu mir herüber.

„Morgen, auch das schöne Wetter ausnutzen?", fragte er über den Gartenzaun hinweg, während er einen Spachtel und einen Pinsel aus seiner Latzhose zog und anfing, seinen Rasenmäher zu säubern.

„Ja, ein Buch lesen, den Sonnenschein genießen, du weißt schon", antwortete ich, aber Kurt schien gar nicht wirklich an meiner Antwort interessiert zu sein, denn er hatte sich schon wieder ganz seiner Arbeit zugewandt.

„Früher, da hatten wir es nicht so gut wie ihr heute. Da konnten wir nicht einfach unterm Baum liegen und lesen. Als ich in deinem Alter war, da haben wir von früh bis spät arbeiten müssen. Tagsüber Geld verdienen und abends Gartenarbeit. Ja, das waren Zeiten."

Fast schämte ich mich. Aber halt nur fast. Ich wollte endlich diesen Krimi lesen und hoffte, dass Kurt mich jetzt nicht in ein längeres Gespräch verwickelte. Aber darauf schien er gar nicht aus zu sein. Denn sobald der Rasenmäher gesäubert war, verabschiedete er sich und ging mitsamt seinem Rasenmäher in Richtung seines Geräteschuppens.

Endlich konnte ich mich meinem Krimi widmen. Schon auf der ersten Seite ging es spannend los, als Spaziergänger eine Leiche am Rande eines Schrebergartens fanden. Der Autor verstand es wirklich großartig, den Leser auf seine abgründige Reise mitzunehmen.

„Was der wohl angestellt hat, dass ihm jemand so brutal den Schädel einschlägt?" Der Kommissar blickte von der Leiche auf und sah dem Mann, der direkt auf der anderen Seite des Zauns stand, in die hellblauen Augen. Er trug eine dieser Bomberjacken in Olivgrün, wie sie heute so modern waren. Das weiße T-Shirt, das auch schon bessere Tage gesehen hatte, spannte über seinem Bauch. Eine Goldkette mit einem auffälligen Anhänger, der wohl einen Adler darstellen sollte, hing über dem übergroßen Ausschnitt des T-Shirts, lenkte aber nicht von dem Brusthaar ab, das daraus hervorquoll …

Das las ich, als plötzlicher Höllenlärm erscholl und ein weiß-bläulicher Nebel mir die Luft zum Atmen nahm. Hustend sah ich auf und erblickte auf der anderen Seite des Grundstückszauns meinen Nachbarn Rudi. Wohl dem Beispiel Kurts folgend, versuchte der gerade seinen betagten Rasenmäher zu starten. Versuch war auch der richtige Begriff, denn mehr als kläglich gurgelnde Geräusche und übel riechender weiß-bläulicher Qualm war dem altersschwachen Gerät nicht zu entlocken.

„Soll ich dir meinen leihen?" Kurt war wieder an den Zaun getreten und rief über mein Grundstück hinweg. „Vielleicht kann der Jung hier sich in der Zeit mal deinen Rasenmäher ansehen. Der kennt sich doch mit Motoren aus, ist doch Ingenieur."

Mit *der Jung hier* war ich wohl gemeint. Und ja, ich war Ingenieur, aber ich beschäftigte mich mit … „Ach, was solls", dachte ich. Bei dem Qualm und Gestank konnte ich sowieso nicht lesen. Und je schneller das Problem gelöst war, desto eher konnte ich mich wieder meinem Krimi widmen. Also rief ich: „Na klar", und sprang einfach über den Gartenzaun, um Rudi zu Hilfe zu eilen.

So wie der Motor aussah, sollte er seinen Lebensabend lieber in einem Museum verbringen. Ich bezweifelte, dass es noch viele lebende Exemplare seiner Art gab. Aber da Rudi immer wieder betonte, dass der Rasenmäher jederzeit zuverlässig in den letzten 45 Jahren gelaufen war, begab ich mich seufzend an die Reinigung und das Festziehen einiger loser Schrauben. Mehr konnte man eh nicht mehr tun, außer vielleicht noch beten. Währenddessen mähte Rudi mit Kurts Rasenmäher einfach um mich herum.

Und nach gut einer Stunde, ich konnte es selbst nicht fassen, startete ich den Motor mit lautem Knattern. Anerkennend nickte Rudi mir zu und schrie: „Siehste, der läuft wie 'ne eins. Probier's ruhig mal aus." Dabei deutete Rudi auf das untere Stück seines Gartens. Genau den Teil, den er noch nicht gemäht hatte. Nett, wie ich war und weil ich nicht wusste, wie ich höflich ablehnen sollte, begann ich, den Mäher zu schieben und zu schieben und zu schieben.

Mir fielen bald die Arme ab. Das alte Ding war sauschwer. Aber nun war ich ja fertig. Mit einem nicht mehr ganz so eleganten Satz, da meine Beine nach der Arbeit etwas zittrig waren, sprang ich erneut über den Gartenzaun zurück auf mein Grundstück.

Ich hatte es mir ein weiteres Mal auf meiner Klappliege gemütlich gemacht und mein Buch aufgeschlagen, als schon wieder ein elektrisches Gerät aufheulte. Diesmal auf Kurts Seite. Dieser hatte sich seine Kettensäge geschnappt und wollte soeben mit ihr die Leiter, die bereits am Kirschbaum stand, besteigen, als Margot, seine Ehefrau, auch schon laut schimpfend in den Garten gerannt kam.

„Bist du denn von allen guten Geistern verlassen? Du kannst in deinem Alter doch nicht mehr auf die Leiter steigen, schon gar nicht mit einer Kettensäge. Da kann dir doch mit Sicherheit der Jung bei helfen."

Mit *der Jung* war wohl abermals ich gemeint, dachte ich seufzend. Aber da ich Margot, die mir jeden Sonntag ein Stück Kuchen rüberbrachte, keinen Wunsch abschlagen konnte, antwortete ich erneut: „Na klar", und sprang schon wieder über den Gartenzaun.

Die Kettensäge musste dem Gewicht und Aussehen nach zu urteilen gleichen Baujahrs sein wie Rudis Rasenmäher. Ähnlich wie die Leiter, die ich nun misstrauisch beäugte. Ob die wirklich so viel Gewicht aushielt?

„Die geht nicht kaputt. Das ist noch gute Wertarbeit. Die hab' ich damals von meinem alten Lehrmeister nach der Prüfung geschenkt bekommen."

Vorsichtig geschätzt war das Ding also über sechzig Jahre alt. Mit einem mulmigen Gefühl und einem Gebet auf den Lippen betrat ich die Leiter. Und siehe da, die Götter waren mir hold und das Ding hielt. Ich sägte den kaputten Ast ab und kam die Leiter wieder herunter. Und nun schnell wieder rüber …

„Meinst du, du kannst dem Kurt auch noch kurz helfen, die neuen Blumenkästen aufzuhängen?", fragte Margot. „Mit den Geranien drin sind die dem zu schwer."

Abermals kam ein: „Na klar", über meine Lippen, wenn auch mit weniger Elan. So lange konnte das ja nicht dauern, ein paar Kästen aufzuhängen.

Leider hatte ich mich da getäuscht. Da die neuen Kästen größer waren als die alten, mussten erst einmal neue Aufhängevorrichtungen angeschafft her. Und wo bekam man die? Im Baumarkt. Auf die Frage, ob ich nicht schnell mit dem Kurt fahren könnte, antwortete ich resigniert: „Na klar." Wer wollte schon lesen, wenn man stattdessen zum Baumarkt fahren konnte? Rudi jedenfalls fand es toll und schloss sich uns an.

Im Baumarkt selber kaufte Kurt neben den Aufhängevorrichtungen noch Dachpappe und Rudi eine neue Pumpe für den Gartenteich. Und *nu klar* – wieder daheim, half ich zuerst Kurt, das Dach des Geräteschuppens zu reparieren, und anschließend Rudi, die defekte Pumpe an seinem Gartenteich auszutauschen.

Es war Nachmittag, als wir endlich fertig waren. Erschöpft ließ mich in meinen Liegestuhl fallen. Den ganzen Tag schon hatte ich auf diesen Moment hingefiebert. Voll Vorfreude schlug ich mein Buch auf, wohl wissend, dass nun nichts mehr dazwischenkommen konnte.

„Das kenn ich, das ist doch das Buch, wo der eine Nachbar den andern Nachbarn um die Ecke bringt. Richtig spannend ist das. Ich konnte es gar nicht weglegen."

Mein Atem stockte und entsetzt sah ich zu Margot herüber, die unbemerkt an den Gartenzaun getreten war. Und ich wusste, dass das, was jetzt kam, nicht von mir aufgehalten werden konnte – so sehr ich es auch wünschte.

„Bist du schon an der Stelle, wo der Kommissar die Kette mit dem auffälligen Adler-Amulett im Schacht findet? Ich find, ab da war klar, dass der Nachbar mit der komischen Bomberjacke der Mörder war."

Monatelang war ich sämtlichem Gerede aus dem Weg gegangen, hatte es vermieden, jegliche Berichte über das Buch zu lesen – und dann kam dieser kleine Moment. Dieser Moment, in dem man handlungsunfähig war. Dieser Moment, den man auf sich zurasen sah, ohne ausweichen zu können. Dieser Moment, in dem Margot all meine Bemühungen innerhalb von nur fünf Sekunden zunichtemachte.

Thordis Ziemons: *Geboren wurde sie Ende der 1970er im schönen Bergischen Land, wo sie noch heute mit ihrer Familie lebt. Geschichten liebt sie seit jeher – insbesondere sie sich selbst auszudenken. Veröffentlicht wurden bisher zwei Geschichten von ihr. Neben dem Schreiben liebt sie es, zu malen, zu nähen und neue Rezepte auszuprobieren.*

Reisefieber

Ein Liegestuhl beschwert sich sehr.
Er stände gerne nah am Meer
und nicht auf der Terrasse,
die er schon kennt und hasse.

Warum das Fernweh ihn gepackt,
ist bisher unergründlich.
Fakt ist, dass er vor Sehnsucht knackt.
Und das stets viertelstündlich.

Hartmut Gelhaar, *Jahrgang 1948, Rentner, lebt in Wernigerode. Hat bereits in mehreren Anthologien veröffentlicht. Eigener Podcast unter Youtube: „Lyrik für die Ohren“.*

Der Nöck

Da ich gehört hatte, die Luft an der Nordsee solle für Menschen mit Asthma heilsam sein, entschied ich, meinen Urlaub dort zu verbringen. Es war kühl, trotzdem lief ich barfuß durch den kalten Sand, da ich keine Sandkörner in meinen Schuhen haben wollte. Ich lauschte dem plätschernden Gesang der auslaufenden Wellen. Tief atmete ich die salzige Luft ein und hoffte, sie würde in jeden Winkel meiner angeschlagenen Lungen dringen. Die Möwen, die über meinen Kopf flogen, schrien. Ich war bereit für einen Urlaubsflirt.

Wasser schwappte über meine Füße. Unter der Wasseroberfläche glitzerte etwas. Neugierig ging ich näher heran. Bis zu den Waden watete ich in das eisige Wasser. Es war eine große, goldene Münze. „Mein Glückstag! Wie kann sie nur so sauber sein?“, fragte ich mich. „Wie viel das Ding wohl wert ist?“

Als ich nach dem kleinen Schatz greifen wollte, umschlossen kräftige Finger mein Handgelenk. Erschrocken schrie ich auf. Mein Herz begann zu rasen.

„Nicht anfassen!“, warnte mich ein Mann mit einem französischen Akzent. Er war wie aus dem Nichts aus dem Wasser aufgetaucht. „Dieses Gold ist verflucht!“

„Ach ja“, dachte ich verärgert. „Warum hebst du es dann auf?“

Er stand langsam auf. Oh, sah der gut aus! „Bin ich hier an einem FFK-Strand?“, fragte ich mich. Ich starrte viel zu lange auf seinen …, na, ihr wisst schon. Mein Gesicht wurde heiß. Er erinnerte mich an die nackten, muskulösen Männer, die man von griechischen Gemälden aus der Antike kannte.

Als hätte er meine Blicke bemerkt, wuchs plötzlich eine Jeans um seine Hüfte und Beine. Er lächelte mich geheimnisvoll an. Ich sah in seine Augen. Sie waren komplett rot. Wie konnte das sein?

Ich erschrak heftig, als mich starke Arme von hinten umschlangen und mich von dem Mann, der immer noch im Wasser stand, wegzerrten.

„Hey, was soll das?", rief ich und versuchte, mich zu wehren.

„Ergreift den Nöck!", befahl jemand laut. „Schnell, bevor er verschwinden kann!"

Ein Netz wurde über den Mann geworfen. Er fiel in den trockenen Sand. Seine Augen starrten leblos in den Himmel.

„Er … er ist tot", rief ich und wehrte mich gegen den Typen, der mich festhielt. „Sie haben ihn umgebracht!"

Ein älterer Mann in weißem Kittel und grauer Hose stapfte auf uns zu. Er gab dem Kerl hinter mir einen Wink. Ich wurde endlich losgelassen.

„Einen Nöck kann man so nicht töten", erklärte er. „Seien Sie lieber froh, dass wir Sie gerettet haben. Sonst wären Sie seine Braut geworden. Er hätte Sie ertränkt."

„Was ist ein Nöck?", fragte ich. „Das da ist ein Mensch."

„Die Moderne hat viele Sagengestalten aus unserem Leben verdrängt." Der Mann seufzte und schüttelte den Kopf. „Wir glauben nicht mehr. Ein Nöck ist ein Wassergeist."

Er wandte sich um und sprach mit seinen Männern. „Bringt den Nöck ins Institut und nehmt auch diese Frau mit. Sie wird uns vielleicht noch nützlich sein."

„Was fällt Ihnen ein?", rief ich mit klopfenden Herzen. „Sie können mich nicht so einfach mitnehmen!"

Ich wurde durch einen Raum oder Gang geführt, der mich an einen seltsamen Zoo erinnerte. Irgendwie an Sea life. Das Glas der vielen Terrarien und Aquarien glänzte.

In einem riesigen, länglichen Terrarium liefen ein Pferd und ein Pony an einem künstlichen Fluss entlang.

„Der Kelpie ist sehr gefährlich", erklärte der Kitteltyp und zeigte auf das größere Tier. „Wenn er nicht den Schleier um den Hals hätte, würde er ausbrechen und mich töten. Das Pony, ein Nuggle, ist etwas harmloser."

„Der spinnt doch", dachte ich skeptisch. „Die armen Tiere."

Gegenüber saß eine Frau auf einem Fels, der von Wasser umspült wurde. Sie sang ein trauriges Lied.

„Das ist eine Sirene", erklärte der Kitteltyp. Er runzelte die Stirn. „Ich habe ihr verboten, zu hoch zu singen."

„Damit das Glas nicht platzt, oder wie?", fragte ich mich.

In einem Aquarium schwammen eine Meerfrau und ein Meermann. Die Schuppen an ihren Fischschwänzen schillerten perlmuttartig. Sie waren wunderschön. In einem anderen schwebte ein nacktes, blondes Pärchen durch das Nass. Waren das etwa Nixen? Sie tauchen nicht auf, um Luft zu holen. Sie waren perfekt gebaut und hielten sich an den Händen. Unglaublich!

Die Robbe, die durch das nächste Becken tanzte, war ein Selkie, wie mir der Kittelmann erklärte. Ich hätte stundenlang zusehen können, doch dieser Typ zog mich weiter.

Ein Schauer lief über meinen Rücken, als ich in das nächste Aquarium schaute. Das Wasser war dunkel und ein altes, versunkenes Schiff lag auf der Seite. „Was für ein Wesen hier wohl gefangen ist?", fragte ich mich. Ich schrie erschrocken auf. Plötzlich sprang ein verwesender Seemann an die Scheibe.

„Ein Klabauter. Ein Untoter." Der Kitteltyp lachte. „Eine außergewöhnliche Sammlung, nicht wahr? Aber sie ist noch nicht komplett."

Wir erreichten ein leeres Aquarium. Die Typen dieser Privatarmee legten den Nöck gerade auf den sandigen Boden. Sie hatten ihn mit einem Kran in das Becken gelassen. Der Kitteltyp sprach in ein Funkgerät: „Lasst etwas Wasser ins Becken laufen."

„Er ist schon tot", brummte ich. „Sie können ihn nicht mehr ertränken."

„So? Das Wasser stammt aus der Nordsee", erklärte der Kitteltyp. „Damit er sich wie zu Hause fühlt."

„Klar! Niemand fühlt sich wohl, wenn er gefangen ist", dachte ich.

Aus einer Düse strömte laut das Wasser. Als die ersten kleinen Wellen den Toten erreichten, zuckte er leicht.

„Stoppen Sie das Wasser!", rief ich entsetzt. „Er lebt ja noch! Er wird ertrinken! Machen Sie schon!"

„Wasser aus!", befahl der Kitteltyp. „Einen Nöck kann man nicht ertränken. Sie fallen nur tot um, wenn sie trockenen Grund betreten." Der Mann im Aquarium setzte sich auf.

„Nöck, wenn du mehr Wasser haben möchtest", erklärte der Kitteltyp, „dann musst du tun, was wir dir sagen, hast du das verstanden?"

Plötzlich zog er mich an sich und hielt mir ein Messer an die Kehle. „Um es deutlicher zu machen, möchtest du, dass ich deine Braut töte?", fragte er. „Dann ist sie wertlos für dich."

„Sie ist nicht meine Braut", erwiderte der Nöck. „Ich mag keine ertrunkenen Frauen."

„Lügner!", brüllte der Kitteltyp. „Wer soll dir das glauben."

„Ich habe sie daran gehindert, unser Gold zu berühren", erklärte der Nöck. „Ein anderer Nöck hätte sie sich bestimmt geholt."

„Du bist wirklich ein … Nöck?", fragte ich ihn.

Er nickte. Der Kitteltyp nahm die Klinge von meinem Hals.

„Wie … wie heißt du?", fragte ich.

„Ich habe keinen Namen", sagte er traurig. „Ich bin ein Nöck. Verflucht, im Wasser zu leben!"

„Was hältst du von Pierre? Wegen deines schönen Akzents", fragte ich.

„Noch nie wollte mir jemand einen Namen geben", gestand er und lächelte.

„Gut, dann Pierre …" Weiter kam ich nicht.

Seine Augen bekamen eine intensive blaue Färbung. Ein leichter Schauer lief über meinen Rücken. Er drückte den Rücken durch und schrie qualvoll auf. Bewusstlos fiel er auf die Seite.

„Was hat er?", fragte ich verwirrt. „Holen Sie ihn da raus! Schnell!"

„Was haben Sie gemacht?", fragte der Kitteltyp.

Ich sah, wie Pierre atmete und stöhnte.

„Vielleicht darf man einem Nöck keinen Namen geben", brüllte der Kitteltyp.

Eine Woche lag Pierre schon im Koma oder einen ähnlichen Zustand, aus dem er nicht geweckt werden konnte. Dieser Kitteltyp hatte ihn in ein Krankenhausbett gelegt. Ob es für den Nöck gut war, bezweifelte ich.

Ich hatte ihn jeden Tag besuchen dürfen, nachdem mich der Kitteltyp mit der Bedingung hatte laufen lassen, dass ich wiederkommen musste. Stundenlang sah ich in Pierres schönes Gesicht und sprach mit ihm.

„Vielleicht sollten wir einige Tests an dem Nöck durchführen", meinte der Kitteltyp zu einem anderen vor der nicht ganz geschlossenen Tür. „Er schläft!"

„Tests? Pierre soll kein Versuchskaninchen werden", dachte ich entschlossen. Als die beiden Kerle weg waren, holte ich schnell einen Rollstuhl.

Ich beobachtete, wie sich Pierres Brustkorb hob und senkte. Er tat mir so leid, also beschloss ich, ihm zu helfen. Ich hätte ihn bestimmt nicht weit tragen können.

Es war anstrengend ihn aus dem Bett zu holen und ihn in den Rollstuhl, na ja … nennen wir es mal setzen. Er hing ganz schön schief und drohte immer wieder, auf den Boden zu rutschen, als ich mit ihm durch die unpersönlichen Gänge, die wie ein Labyrinth waren, fuhr. Ich hatte ein Swimmingpool gefunden, als ich mich einige Tage zuvor verlaufen hatte. Da wollte ich mit ihm hin.

Uns schlug der starke Chlorgeruch entgegen, als ich die Tür öffnete. Ich fuhr den Rollstuhl bis an den Rand. Jetzt musste ich ihn nur noch ins Wasser schubsen.

Sein Körper versank schnell.

„Nein, er ertrinkt!“, dachte ich panisch und wollte ihm schon hinterher springen, als er sich bewegte und wie ein Torpedo durch das Becken schoss. Sein Körper verwandelte sich in einen Delfin. Kurz sprang er aus dem Wasser.

Ich sah ihm erfreut zu, obwohl ich mir wegen des Chlors im Wasser langsam Sorgen machte. War es überhaupt gesund für ihn?

Endlich kroch er vorsichtig aus dem Pool. Nur zögernd zog er den rechten Fuß, mit dem er noch ängstlich Kontakt mit dem Wasser hatte, heraus. Tropfnass kniete er vor mir und lachte.

„Was hast du?“, fragte ich.

„Ich bin frei“, rief er und stand taumelnd auf. „Mein Name hat mich befreit.“

„Ähm, nö! Erst wenn du hier raus bist“, erwiderte ich und stütze ihn. „Komm, wir müssen von hier weg!“ Mein Herz schlug schneller, als ich mit ihm durch die Gänge lief. „Wir müssen uns beeilen!“, sagte ich.

Mein altes Auto hatte ich nicht weit vom Ausgang geparkt. Ich öffnete ihm die Beifahrertür. Mit einem Seufzer ließ er sich auf den Sitz fallen. Kaum saß ich hinter dem Steuer, sagte er: „Ich werde wieder schwach.“

„Da sind einige Flaschen Wasser“, sagte ich und startete den Wagen. Ich musste Pierre so schnell wie möglich zum Strand bringen.

Der Nöck nahm sich eine Flasche und schüttelte sich ein Teil des Wassers über den Kopf. „Davon schwimmt zu viel im Meer.“ Er zeigte auf die Flasche.

„Ja, ich weiß“, murmelte ich bedauernd. „Wir Menschen sind schlimme Umweltverschmutzer.“

Er nickte nur.

„Wir versuchen, uns zu bessern.“ Ich konzentrierte mich auf den Verkehr. Im Rückspiegel entdeckte ich einige Wagen dieses komischen Kitteltypen.

„Nein, verdammt! Ich bin zu langsam gewesen“, dachte ich. Hatte man uns von einem Fenster aus gesehen?

Sie holten auf. Ich trat das Gaspedal durch. Der Motor heulte auf. Pierre muss zurück in die Nordsee.

Wir erreichen die Küste kurz vor unseren Verfolgern. Ich bremste scharf und öffnete ihm die Tür. „Schnell, lauf!“, rief ich.

Er sprang aus dem Auto und rannte über den Sand. Ich bemerkte einige dieser Soldaten und drückte Pierre die Daumen. Er schaffte es, vor den widerlichen Typen das Wasser zu erreichen, und tauchte unter einer Welle unter.

In einiger Entfernung sprang ein Delfin aus den Fluten. Jetzt verstand ich, was man mit einem lachenden und einem weinenden Auge meinte: Ich freute mich über Pierres Freiheit. Aber warum, zum Teufel, hatte ich mich in ihn verliebt?

Sehnsüchtig sah ich auf die Nordsee und atmete tief ein. Würde ich ihn wiedersehen?

Ich werde jeden Tag wiederkommen. Vielleicht erscheint er mir als Delfin.

Nicole Gabrys, *geboren 1975, aus Duisburg, Mutter von zwei erwachsenen Kindern, hat zwei Enkelkinder und ist Hobbyautorin.*

Von Fall zu Fall

Nicht wohl gelitten hier im Land
sind Mückenstich und Sonnenbrand.

Ihr Dasein jedenfalls belegt
das auch in einem Sommerloch
(und dessen Tiefe kommt erst noch)
das Schicksal blindlings um sich schlägt.

Trost spendet dann,
wenn auch nicht viel,
von Fall zu Fall – ein Eis am Stiel.

Hartmut Gelhaar, *Jahrgang 1948, Rentner, lebt in Wernigerode. Hat bereits in mehreren Anthologien veröffentlicht. Eigener Podcast unter Youtube: „Lyrik für die Ohren".*

Einmal Rom und zurück

Es begann alles wie im Traum. Oder besser Albtraum. In einer Zeit vor der Pandemie, als wir noch Café to go kauften und morgens uns in volle Bahnen drängten. In einer Zeit, als dies vollkommen normal war und keiner daran dachte, in der Bahn nicht zu essen oder zu trinken.

Und so lernten wir uns kennen, ich war mit meinem Kaffee auf dem Weg zur Bahn, wie immer in Eile, wie immer knapp dran, als du meinen Weg kreuztest und mein Kaffee sich über meine Bluse ergoss. Perfekt. Ein Morgen zum Vergessen. Du warst uncharmant und sahst unverschämt gut aus, wahrscheinlich nahm ich deswegen deine Entschuldigung an und auch die Einladung zum Essen, obwohl ich eigentlich gar keine Lust hatte.

An dem Abend warst du dann sehr charmant und unglaublich sympathisch. Vielleicht auch deswegen wollten wir uns wiedersehen – und dann kam der Lockdown. Das nächste Treffen fand in deiner Wohnung statt. Ausgangssperre. Ein Wort, das uns beiden vollkommen fremd war. Freunde treffen – verboten. Ein Albtraum und doch war es für uns beide ein Segen. Denn durch den Lockdown saßen wir aufeinander fest. Gut, sicher, wir hätten auch beschließen können, uns nie wiederzusehen, aber wer wollte schon alleine sein? Also zog ich kurzerhand bei dir ein – vorübergehend. Nach dem ersten Monat beschlossen wir, in meine Wohnung zu ziehen, vielleicht auch deswegen, weil ich einen Balkon hatte. Nach unserem ersten Treffen hätte sicher keiner von uns gedacht, dass wir uns einen Monat später noch immer dateten und uns verliebt hatten. Und wer jetzt sagt, das sei die rosarote Brille, dem sei gesagt, im Lockdown gibt es keine rosarote Brille. Gewollt oder ungewollt – man lernt sich kennen. Besser und schneller, als es einem lieb ist. Und wir lernten uns kennen.

Der gefürchtete Alltag holte uns erst später ein, als sich die Pandemie dem Ende näherte, die Schule wieder stattfand und auch wir wieder unseren Berufen und Verpflichtungen nachkommen mussten. Einen Alltag, den wir bisher so nicht gekannt hatten. Einen Alltag, der kaum Zeit zum Atmen, zum Vermissen oder zum sorglos in der Hängematte liegen ließ.

Sicher, ich wusste, dass du deinen Beruf liebst, aber er sorgt auch dafür, dass du immer unterwegs bist, immer auf dem Sprung.

„Ein Leben im Flugzeug", hast du während der Coronazeit mal gesagt, damals habe ich gelacht, aber nun weiß ich, es war dein Ernst. Mein Beruf hingegen ist eher langweilig. Ich jette nicht um die halbe Welt, immer auf dem Sprung, nie zu Hause. Als du zwischen zwei dieser Stopps eine Pause hattest und wir wieder eine Woche zusammen verbringen konnten, kam es mir fast wie ein Wunder vor. Ein Wunder, weil die Zeit nach Corona für unsere Beziehung viel fordernder, viel anstrengender war und wir immer nach der kleinen Lücke im Terminplaner suchten, um uns zu sehen.

Nach einer schier endlosen Zeit, in der wir jede Minute des Tages, jedes Detail unseres Alltags miteinander geteilt hatten, gehörte es nun zu unserem Leben, Freiheiten zuzulassen, Abstand zu ertragen und die wenige Zeit, die wir zusammen hatten, zu genießen. Manchmal waren es nur ein paar Stunden im Monat. Unser Leben hatte sich radikal verändert. Und wir mussten lernen, uns neu kennenzulernen, uns neu zu verlieben, uns zu vertrauen und miteinander zu reden.

Ich gebe zu, es war nicht immer leicht, und an manchen Abenden habe ich mir gewünscht, du wärst bei mir. Aber ich habe gelernt, dass es okay ist. Und mal ehrlich, nach zwei Jahren braucht es schon mehr als eine Unstimmigkeit über das Lieblingsgetränk, um sich zu trennen. Gut, ich gebe zu, dass das bei meinen Ex-Freunden oft anders war. Und ganz ehrlich, ein bisschen genoss ich es auch, dass ich meine Lieblingsserie wieder ungestört schauen und mit meinen Freunden feiern gehen konnte. Sicher, ich hätte dich gerne dabei gehabt, aber irgendwie warst du dabei, wenn ich dir davon erzählte. Leben teilen, heißt auch, mit Schwierigkeiten umgehen zu lernen.

Corona hat uns geprägt, aber es hat uns auch stark gemacht. Stark als Paar, das eigentlich keines sein wollte zu Beginn. Als Paar, das es irgendwie gewagt hat mit einem zweiten Treffen.

All diese Herausforderungen haben wir gemeistert und gemerkt, dass wir stärker zusammen sind, dass wir alles schaffen können, wenn wir nur an uns glauben.

Und eben deshalb habe ich mir an unserem Jahrestag Urlaub genommen. Um dich zu sehen. Einmal Rom und zurück. 24 Stunden mit dir in einer der romantischsten Städte der Welt. Nur du und ich. Es wird großartig werden und ganz nebenbei möchte ich dir vor dem Kolosseum die Frage aller Fragen stellen. Denn ich bin mir sicher: Uns kann nichts trennen.

***Christina Reinemann** wurde 1982 in Kassel geboren. Sie studierte Geschichte, Psychologie und Chemie an der Universität Oldenburg. Im Jahre 2023 erschienen ihre Kurzgeschichten „Qualitätsmanagement" und „Lebe, Liebe, Lache" in einer Anthologie.*

Unterm Junimond

Weil der Junikäfer schwirrt,
hält man ihn einfach für verwirrt.

Doch hier irrt man beim Betrachten.
Er sucht nur Platz zum Übernachten.

Und außerdem noch seinesgleichen
in dieser Mondnacht zu erreichen.

So schwirren jetzt in großer Dichte
die Käfer unterm Vollmond-Lichte.

Was du und ich indes getrieben,
das wurde hier nicht aufgeschrieben.

Hartmut Gelhaar, *Jahrgang 1948, Rentner, lebt in Wernigerode. Hat bereits in mehreren Anthologien veröffentlicht. Eigener Podcast unter Youtube: „Lyrik für die Ohren".*

Der fünfte Stern

Katja machte es sich auf der Couch bequem, kickte ihre dunkelblauen Pumps von sich, nahm ihr Rotweinglas und erhob es feierlich.„Auf dich, liebe beste Freundin! Nochmals meinen herzlichsten Glückwunsch zum neuen Job!"

„Dankeschön!", erwiderte Laura strahlend, ließ sich glückselig in ihren Sessel fallen und legte die Füße auf den Tisch. „Ein richtig toller Abend, oder? Erst beim Italiener den Bauch vollschlagen und anschließend quatschen und chillen. Meinen Umzug nach Rügen bereue ich zwar nicht, aber diese Abende mit dir vermisse ich schon sehr."

„Ich auch", gestand Katja. „Zwischen Münster und Rügen liegen einfach zu viele Kilometer. Aber ich kann dich verstehen! Du konntest dieses Job-Angebot unmöglich ablehnen. Auf einer so traumhaften Insel in einem Luxus-Hotel als Restaurantmanagerin zu arbeiten, das klingt nach Jackpot! Der Binzer Strand ist fantastisch! Allein der ist es schon wert, hier zu leben. Dieser feine Sand, die sanfte Brandung und die einladende Promenade", schwärmte Katja begeistert.

Doch dann verdunkelte sich ihr Blick und sie fügte gespielt schmollend hinzu: „Trotzdem doof, dass meine beste Freundin verschwindet und mich mutterseelenallein zurücklässt. Ich bin vierzig! In meinem Alter findet man nicht einfach so eine neue."

„Du sollst auch keine neue finden, du Scherzkeks! Ich bleibe deine beste Freundin, egal, wo ich wohne! Nun hör auf zu jammern und erzähle lieber, was du für die nächsten Tage geplant hast. Hoffe, du hast nicht vor, nur am Strand herumzugammeln."

Katjas Augen weiteten sich. „Na klar! Direkt neben der Seebrücke habe ich ein idyllisches Plätzchen gefunden. Dort ist man fast für sich allein."

„Möchtest du nicht lieber die Insel erkunden?", horchte Laura nach.

„Schon mal aufs Thermometer geschaut, meine Liebe? Wir haben

37 Grad im Schatten! Werde bei der Hitze ganz sicher nicht durch die Gegend latschen."

„Aber den ganzen Tag in der Sonne brutzeln?" Verständnislos zuckte Laura mit den Schultern. „Du hast Urlaub! Dann unternimmt man doch auch mal etwas Schönes."

„Ja, okay, … eigentlich schon", gab Katja kleinlaut zu. „Perfekt wäre es, wenn etwas Aufregendes passieren würde, ohne dass ich dabei den Strand und mein Strandtuch verlassen müsste!"

Laura winkte ab. „Du bist unverbesserlich! Deinen nächsten Besuch legen wir in den Herbst! Dann werde ich dich quer über die Insel schleifen – von einer Sehenswürdigkeit zur nächsten!"

Katja legte die Hand an die Stirn und salutierte grinsend. „Sir, ja, Sir!"

„Äußerst witzig", murmelte Laura. „Wie du weißt, habe ich ab Oktober eine größere Wohnung. Dann kannst du wenigstens bei mir wohnen und musst nicht ins Hotel."

„Halloo...hoo", sang Katja und ihre Augen weiteten sich. „Als hätte ich etwas dagegen, in einem Luxus-Hotel zu residieren. In eurer Nobel-Hütte fühle ich mich wie ein VIP!" Als wäre ihre Hand ein Fächer, wedelte Katja – a lá Karl Lagerfeld – vor ihrem Gesicht herum und blinzelte übertrieben mit den Lidern. „Und nun hätte die VIP gerne etwas zum Knabbern? Ein paar Chips wären nicht schlecht!"

„Ist nicht dein Ernst? Du kannst schon wieder essen?" Verblüfft starrte Laure ihre Freundin an. „Wir haben gerade ein Vier-Gänge-Menü in uns hineingestopft und …"

„Apropos Vier-Gänge-Menü", unterbrach Katja ihre Freundin. „Habe ich mich schon für deine Einladung bedankt und erwähnt, dass der vierte Gang der Hammer war? Dieses Tiramisu – einfach göttlich! Erhält fünf Sterne!"

„Wow!" Lauras Augenbrauen schnellten nach oben. „Fünf Sterne? Die bekommt unser Hotel doch auch von dir, oder?"

„Mmmmh …", Katja überlegte kurz, „also … vier Sterne werden es ganz sicher."

„Vier? Wieso nur vier?"

„Unwichtig", winkte sie ab. „Vier Sterne sind doch super."

„Ist überhaupt nicht unwichtig."

Neugierig setzte sich Laura auf. „Erzähl schon! Was hat uns den fünften Stern gekostet? War das Zimmer nicht sauber? Die Mini-

Bar nicht aufgefüllt? War das Personal unfreundlich? Raus mit der Sprache!“

„Bleib locker! Niemand war unfreundlich, eher schwer verliebt.“

„Wieso schwer verliebt?“

„Na, es heißt doch, ein Koch sei verliebt, wenn sein Essen versalzen ist! Das Rührei vom Frühstücksbuffet …“, angeekelt verzog sie das Gesicht „… jedes Mal un…ge…nieß…bar!“

„Jedes Mal?“ Entsetzt riss Laura die Augen auf, sprang auf und holte ihr Laptop. „Werde sofort nachschauen, wer Dienst hatte.“ Blitzschnell flogen ihre Finger über die Tastatur und schließlich nickte sie kräftig. „Aha! Werner hatte Dienst!“ Besorgt sah sie Katja an. „Ausgerechnet er!“

„Was meinst du mit *ausgerechnet er*?“

„Dem armen Mann gehts momentan richtig mies. Seine Frau ist vor Kurzem gestorben. Dazu kommt, dass er in vier Monaten in Rente geht. Es belastet ihn, weil sein Job nun alles ist, was er noch hat.“ Hilflos zuckte Laura mit den Schultern. „Nützt nichts! Rücksicht auf seine Situation kann ich nicht nehmen. Ich muss ihn auf das versalzene Essen ansprechen.“

„Tut mir leid!“ Schuldbewusst verzog Katja das Gesicht. „Ich wollte niemandem Ärger machen. Zwei Mal habe ich die Bedienung darauf hingewiesen. Es fuchste mich, dass sich der Klapps-Kalli, der seinen Salzstreuer nicht unter Kontrolle hat, nicht mal entschuldigte. Konnte ja nicht ahnen, dass es so ein armer Kerl ist, den gerade andere Sorgen quälen.“ Entschlossen winkte sie ab. „Lass uns das mit dem blöden Rührei doch einfach vergessen. Passiert ist passiert! Wir genießen jetzt unseren Abend und werden nicht weiter darüber reden.“

Den darauffolgenden Tag verbrachte Katja, wie angekündigt, auf ihrem XXL-Strandtuch. Entspannt beobachtete sie Surfer, die geschickt über das Wasser glitten, und Kinder, die in der Brandung planschten. Schließlich nahm sie ihren Strohhut ab, ließ sich zurücksinken, schloss die Augen und schlief ein.

Doch dann grölte plötzlich wie aus dem Nichts AC/DCs *Highway to hell* in ihr Ohr und riss sie aus dem Schlaf.

„Mein Gott, haben Sie mich erschreckt!“, blaffte sie den braun gebrannten, sandblond gelockten Typen an, der direkt neben ihr seine Wolldecke ausgebreitet hatte.

„Oh bitte – nennen Sie mich Tom!“, erwiderte er breit grinsend, stellte die Musik leiser und deutete stolz auf das kleine Gerät, das am Rand seiner Decke stand. „Mein neuer Weltempfänger! Damit kann ich alle möglichen Sender auf der ganzen Welt empfangen. Cool, oder?"

„Wirklich cool", zischte Katja sarkastisch. „Der Erdball verfügt über eine Oberfläche von 510 Millionen Quadratkilometer! Aber Sie müssen sich mit dieser Höllenmaschine ausgerechnet einen Meter neben mir breitmachen."

„Dann ist heute Ihr Glückstag!", erwiderte Tom und ließ seinen Blick über Katjas schlanken, wohlgeformten Körper wandern. „Und meiner scheinbar auch!" Tom streifte sich die Turnschuhe von seinen nackten Füßen und zog seine Jeans aus, unter der er bereits eine Badehose trug – eine verdammt enge Badehose, die am Oberschenkel endete und nur das Nötigste verbarg. Während Tom seine Jeans zusammenfaltete, ertappte sich Katja dabei, wie sie auf seinen knackigen Hintern starrte. Sofort wandte sie ihren Blick zur Seite, bis Tom sich endlich gesetzt hatte. Er öffnete seine Kühltasche, holte eine Schale mit frischen Erdbeeren hervor, eine flache Dose mit Zucker, eine Flasche Sekt und zwei Gläser. „Jetzt trinken wir beide erst mal einen Sekt! Was halten Sie davon?"

„Haben Sie etwa immer ein zweites Glas dabei?"

„Natürlich! Falls ich am Strand einer hübschen Frau begegne", erklärte er augenzwinkernd. „Schließlich weiß ich, was Frauen gefällt!"

„Darauf wette ich", murmelte Katja.

Tom ließ den Korken knallen, füllte beide Gläser und stellte sie auf der Kühltasche ab. Dann tauchte er kurz zwei Erdbeeren in den Sekt und wälzte sie anschließend im Zucker. Eine der Erdbeeren reichte er Katja.

Stur schüttelte sie den Kopf. „Wie kommen Sie darauf, dass ich mit Ihnen Erdbeeren essen möchte? Ist das eine neue Art von Anmache?"

„Quatsch! Ist einfach nur eine spontane Idee!" Er legte seinen Kopf leicht schräg und lächelte. „Was nicht heißen soll, dass ich Sie von meinem Strandtuch schubsen würde", gestand er augenzwinkernd.

Katja schnappte nach Luft, als wollte sie etwas sagen. Doch stattdessen ging ihre Fantasie mit ihr durch und sie musste sich eingestehen, dass die Vorstellung, sich mit diesem California-Dream-Boy ein Strandtuch zu teilen, durchaus verführerisch war.

„Sie wollen wirklich keine Erdbeere?“, versuchte Tom es erneut. „Aber ein Glas Sekt, oder?“

„Nein, danke! Ich kenne Sie doch gar nicht! Was wird das hier? Versteckte Kamera?“

Tom atmete schwer durch. „Okay, ich geb's auf. Zeit, mich zu outen!“, beschloss er, stand auf und begann, sein Hemd aufzuknöpfen.

„Was kommt jetzt?“ Misstrauisch sah Katja zu ihm auf. „Ein Strand-Strip?“

„Taaaa...daa!“, trällerte Tom und schlug sein Hemd auf.

Verblüfft starrte sie auf seinen muskulösen Oberkörper, auf dem mit rotem Lippenstift geschrieben stand: *Gruß aus der Küche*. „Darf ich mich vorstellen: Ich bin der Klapps-Kalli, der den Salzstreuer nicht unter Kontrolle hatte. Hiermit entschuldige ich mich für das versalzene Frühstück!“ Galant verbeugte er sich: „Zu Ihren Diensten! Ihr ganz persönlicher *Gruß aus der Küche*!“

Katjas Augenbraue schnellten in die Höhe. „Siiiee? Sie sind der verliebte Koch?“

„Koch? Ja! Verliebt? Leider nein!“

„Das kann nicht sein! Meine Freundin sprach von einem Werner!“

„Stimmt! Werner ist eigentlich für das Frühstücksbuffet zuständig. Aber wie Sie bereits von Ihrer Freundin erfahren haben, gehts ihm nicht gut. Was sich leider auch in der Küche bemerkbar macht. Er ist komplett überfordert. Darum habe ich ihm geholfen und mich um das Rührei gekümmert. Davon erfuhr Ihre Freundin jedoch erst heute Morgen, als sie mit Werner sprach. Mir erzählte sie dann, dass Sie eine Entschuldigung erwartet hätten. Und auch, dass Sie ein waschechter Strand-Junkie sind und gerne etwas Aufregendes erleben würden, ohne Ihr Strandtuch verlassen zu müssen. So kam ich auf die Idee, das eine mit dem anderen zu verbinden. Ich entschuldige mich und lasse Sie gleichzeitig etwas Aufregendes erleben! Kann nur hoffen, dass ein erwachsener Kerl, der sich Ihnen zuliebe die Brust mit Lippenstift bepinselt hat, aufregend genug ist!“

Lachend warf Katja den Kopf in den Nacken. In diesem Moment piepte ihr Handy und Lauras Name erschien auf dem Display. Katja las ihre Nachricht:

Naaa?? Wie lecker findest du unseren Gruß aus der Küche?
Und ich meine nicht die Erdbeeren!‹

Sie schrieb zurück:

Seeehr lecker! Der fünfte Stern ist euch somit sicher!

Dann steckte sie das Handy in die Strandtasche und wandte sich wieder Tom zu. „Nun nehme ich doch einen Sekt!"

„Sehr gerne!" Er reichte ihr ein Glas. „Worauf trinken wir?"

„Auf den appetitanregendsten Gruß aus der Küche, der mir jemals präsentiert wurde", erwiderte sie augenzwinkernd.

Petra Kesse, *1965 in Bremen geboren, nimmt seit ihrem Belletristik-Fernstudium erfolgreich an Literaturwettbewerben teil. Mit „Das Leben liebt es kurvenreich" veröffentlichte sie 2019 ihr erstes Buch mit Kurzgeschichten, das 2022 auch als Hörbuch erschienen ist. In zwei weiteren Büchern erzählt die Autorin Kurzgeschichten über die verborgene Magie des Winters und die Kraft der Freundschaft. Petra Kesse hat eine erwachsene Tochter und lebt mit ihrem Mann in Quakenbrück, einer idyllischen Kleinstadt im Landkreis Osnabrück.*

Leben

Einst ein kleines Bäumchen –
zart und grün.
Es eine Freude war,
ihm beim Wachsen zuzusehen.

Von Jahr zu Jahr –
mit neuer Kraft,
die Weide groß und mächtig wurde,
bis sie hatte es endlich geschafft.

Ein starker Baum –
am schönsten Ort.
Von diesem Lieblingsplatz am See
wollte niemand mehr fort.

Eine alte Bank –
ihren mächtigen Stamm umrahmte,
doch irgendwann passierte das,
was niemand je erahnte.

Sie kamen mit lauten Sägen
und brachialer Gewalt.
Vor dem Wahrzeichen am See
machten die Motorsägen nicht Halt.

Tiefe Traurigkeit
Menschen und Tiere überkam.
Sie streichelten täglich
den übrig gebliebenen Stamm.

Doch dann im Frühjahr darauf –
niemand glaubte mehr daran,
am totgesagten Holz
ein großes Wunder begann.

Zarte Triebe –
wie einst vor Jahrzehnten –
sich reckten und streckten
und nach der Sonne sehnten.

Dem Licht entgegen
und mit ganzer Kraft
zeigt die Natur uns nun,
was sie alles schafft.

Drei kleine Weidentriebe
zart und grün –
es eine Freude wird
ihnen beim Wachsen zuzusehen.

Katja Richter, *Jahrgang 1975, arbeitet neben ihrem pädagogischen Job in einem psychiatrischen Krankenhaus als freie Reporterin für eine lo kale Tageszeitung. Für den Nordkurier schreibt sie fast täglich Artikel.*

Summer Vibes

„Kopf hoch! Mach dir warme Gedanken! Denk an den Sommer!"

Meine beste Freundin, der ich gerade mein Herz in einem langen Telefonat ausgeschüttet hatte, war besorgt um mich und hatte versucht, mich aufzubauen. Ja, der Winter, besonders dieser, konnte einen schwermütig machen. Ja, der Tod meines Hundes wog schwer. Viel schwerer als ich mir das hatte vorstellen und auch eingestehen können. Seitdem er nicht mehr bei mir war, hatten die Tage an Leben und Glanz verloren. Mühsam schleppte ich mich durch die täglichen Aufgaben, die ich nur dank einer gewissen Routine abarbeiten konnte. Und heute war auch noch das Wetter besonders schlimm: kalt, nasskalt. Regentropfen zogen in langen Schlieren an den Fenstern herab. Die Welt war grau.

„Denk an den Sommer!" Hannah wusste, dass dies meine Lieblingsjahreszeit war und ich mich immer darauf freute. Genauso wie sie wusste, wie wehmütig ich wurde, wenn die Tage kürzer wurden, die Temperaturen fielen, die Sonne selbst am Tag nicht mehr jeden Winkel meines Gartens erreichte und die ersten Wildgänse schnatternd, als vertonten sie die Abschiedsmelodie des Sommers, am Himmel auftauchten.

Ich setzte mich mit einer Tasse dampfenden Sommerkräuter-Tees, den ich auf dem Heimweg von der Arbeit zu meiner Überraschung in einem gut sortierten Teeladen sogar im Januar gefunden hatte, auf das Sofa, kuschelte mich in die dicke Decke aus Fleece mit Tigerfellmuster, nicht besonders stylish oder schick, aber ungemein warm, und dachte an den Sommer: Wärme, Helle, heitere Tage. Blauer Himmel, Sonnenschein bis zum Abwinken. Sommerleichtigkeit.

Ich schloss die Augen und stellte mir einen Tag im August vor: Ich stand am Strand am Meer, an irgendeinem Meer, und grub die Zehen in den warmen Sand. Ein heller Sand war es, feinkörnig und sauber. Sand zwischen den Zehen zu spüren, was gab es Schöneres? Vielleicht komplette Sommertage in Flipflops zu verbringen oder noch barfuß unterwegs zu sein? Möwen drehten ihre Runden am dunkelblauen Himmel, das Wasser plätscherte leise gegen den Strand, Kinder riefen sich etwas zu.

Ich atmete tief durch, schlug die Augen wieder auf und trank die Tasse Tee aus. War es das Geheimnis dieser Sommer-Kräuter? Versank ich deshalb mühelos in diesen aufbauenden Gedanken? Ein Anfang war getan und ich fand Gefallen daran. Also machte ich es mir auf dem Sofa gemütlich. Ich legte mich hin, zog die Decke über mich, sperrte die Kälte, die mich umgab, aus und widmete mich abermals meinen Tagträumen.

Wieder schloss ich die Augen und war in Gedanken am Strand. Ich stand direkt am Meeressaum und tunkte einen Zeh, und weil es sich so gut anfühlte, kurz darauf den Fuß in das Wasser. In klares Wasser, durch das ich den fein gerippten Meeresboden sehen konnte. Das Wasser war nicht kalt, sondern hatte angenehme Temperaturen. Später würde ich schwimmen gehen, dachte ich, auf dem Rücken in den Wellen wie ein Boot schaukeln und dabei in das unendliche Blau über mir starren. Nur ein paar fisselige Wolken schwebten zart wie Zuckerwatte am Himmel. Wie nannte man diese Schönwetterwölkchen? Zirrokumulus?

Alles glitzerte. Kleine Sonnensternchen funkelten auf dem Wasser. Es roch nach Feuchtigkeit und Meer, nach salzigem Wasser. Und nach Sonnencreme und einem Hauch von etwas Süßem, ein leichter Wind trug es in meine Richtung. Wahrscheinlich wehte der Duft von der Strandpromenade herüber, von einer der Buden, in denen man Crêpes und Waffeln kaufen konnte. Gleich neben der Eistheke, in der sich neben den althergebrachten Sorten wie Vanille, Schokolade und Erdbeere auch neue Kreationen wie Popcorn, Honig-Melisse und Lakritz-Mandel türmten.

Nun legte ich mich in die Sonne auf mein sonnenwarmes Handtuch und spürte den Sand, der winzige Hügel unter meinem Handtuch bildete, die Sonnenbrille über die Augen gezogen. Es gab doch tatsächlich Menschen, die behaupteten, Sommer-Sonnen-Tage am Strand seien langweilig. So war es mir nie ergangen. Langeweile kannte ich nicht. Ich konnte die Wolken beobachten, sekündlich verschoben sie sich, wechselten in Form und Größe, bildeten Wolken-Wale, Wolken-Skelette, Wolken-Herzen. Faszinierend. Ich verfolgte, wie sich ein Wattebausch im Handumdrehen im Nichts auflösen konnte … Das Beobachten dieses Naturschauspiels hatte etwas an sich, dem ich mich nicht entziehen konnte. Minutenlang, stundenlang konnte ich diesen sanft anmutenden weißen Gebilden am Himmel zusehen. Oder den Schwalben, die als kleine schwarze Punkte weit oben in den Lüften ihre Kreise zogen. Dabei die Gedanken kommen und gehen lassen. Nichtstun. Meditieren. Mich treiben lassen wie die Wolken. Ganz dem Hier und Jetzt hingeben. Wahrscheinlich tat es mir deswegen so gut. Unbeschwert war alles.

Besonders gefiel mir diese Energie, die der Sommer gab … Dieses Gefühl, heute wäre alles möglich. Unendliche Energie. Tagelang. Als schaltete der Körper zusammen mit dem Sonnenlicht in einen anderen Aktivitätsmodus. Lebensfreude garantiert. Ich liebte dieses Gefühl, wenn ich morgens aus dem Bett sprang, das mir sagte: „Der Tag kann kommen." So ein Ich-kann-alles-schaffen-Gefühl in mir. Viel zu lang hatte ich es nicht gespürt.

Ich kuschelte mich tiefer in meine Decke, mir war warm, angenehm warm – endlich zum ersten Mal an diesem Tag – und in meinem Kopf drängte sich eine ellenlange To-do-Liste in den Vordergrund mit Hinweis auf Abarbeitung. Aber die Aufgaben gäbe es auch noch in ein paar Minuten oder einer halben Stunde … Nichts hatte mehr Bestand als To-do-Listen.

Zurück zu den schönen Dingen des Lebens: Ich stellte mir das Licht des Sommers vor. Das gleißende Licht eines Sommertags, das Wohlfühl- und Glückshormone frei kitzelte, das Wärme schenkte. Das sich auf den geschlossenen Augenlidern wie pure Wellness anfühlte.

Sonnenuntergänge waren das i-Tüpfelchen auf herrlich langen Tagen. Und die besondere Stunde davor, die goldene, ebenso wie die Stunde danach, die blaue Stunde. Die Natur präsentierte sich noch einmal in voller Pracht, bevor sie sich zur Ruhe legte. Ich wusste nicht, welche der zwei Zeiten mir besser gefiel. Beide waren sie magisch und weckten jedes Mal eine unbestimmte Sehnsucht in mir.

Ich dachte an heiße Sommertage, wenn nur der Morgen eine leichte Frische der Nacht in sich trug und man nach dem Lüften sofort die Fenster schloss, am besten die Rollläden herunterließ, um die Glut des Tages auszusperren. Hundstage. Brütend heiße Tage. An denen die Nächte das Beste waren. Tropische Nächte, die sich nie richtig abkühlten. Das war richtiger Sommer. Abends, nachts, wenn ich auf meiner Terrasse saß und die Sterne beäugte. Oder mich mit Freunden traf. Oder einfach nur in den Abend träumte. Wenn eine leichte Brise leise durch die Blätter der alten Buche flüsterte, es anheimelnd knisterte und knackste, weil ein Tier, eine Maus vielleicht, ebenso wie ich nicht schlafen konnte und durch die Nacht huschte.

Häufig brachte ein Gewitter die Erlösung von der Hitze. Ich liebte Gewitter, wenn ich in der Sicherheit eines Gebäudes war und Beobachterin sein konnte. Dieser Moment, wenn die Welt kurz den Atem anhielt, bevor das Unwetter losbrach. Und dann die ersten schweren dicken Tropfen, die dem Boden zunächst ein Dalmatiner-Muster verpassten und im Anschluss die Erde immer dunkler machten, bevor die Welt in einem sintflutartigen Guss verschwimmen würde. Dieser spezielle Regenduft, der schwer wie eine dicke Decke aus dem Land aufstieg. Petrichor … Und das Danach, wenn die Umgebung im Zeitraffer wieder zum Leben erwachte. Die erste Amsel sang, dann die zweite und irgendwann das heitere Zwitschern der Vögel in der Luft lag, schöner und lauter als zuvor. Wie es duftete, dampfte, die Welt einen Schleier aus Dunst nach dem nächsten ablegte. Nie waren die Farben und die Sicht klarer als nach einem Gewitter.

„Eine Sommerwiese mit vielen bunten Blumen und ich auf einer großen Decke, sodass ich die Welt aus der Käferperspektive sehe." Das war das, was meine Freundin sich unter einem perfekten Sommermoment vorstellte. Und ich dachte mir, dass es großartig war, wenn alles blühte, die Welt voller Farben und so lebensfroh war.

Nicht grau und dunkel wie jetzt.

Ich rekelte mich auf dem Sofa, noch war ich nicht bereit, meine urgemütliche Position wieder aufzugeben.

„Mein grünblauer Kaftan", ging mir durch den Kopf. In einem Anfall von Vorsommerfreude hatte ich das gute Stück mitten im Dezember erworben. Ich würde ihn an diesen hochsommerlichen Tagen auf der Terrasse und im Garten tragen. Nur das Nötigste überstreifen. Vielleicht war auch das das Schöne im Sommer, überlegte ich, dass aller Ballast der Kleidung abgeworfen wurde. Zurück blieb nur das Nötigste und das reichte allemal zum Überleben und Glücklichsein. Ich dachte an Bikinis, Sandaletten, in grellem Rot lackierte Fußnägel, vielleicht …

Es klingelte an der Haustür und ich benötigte einen Moment, um wieder in diesen kalten Januarabend anzukommen und mich vom

Sofa aufzuraffen. Noch einmal klingelte es, jetzt etwas energischer. Ich erwartete niemanden und die Paketboten kamen in der Regel am Nachmittag.

Erwartungsvoll riss ich die Tür auf.

Meine Freundin Hannah stand vor mir, strahlend, fröhlich, in der Hand ein Korb, aus dem zwei Flaschen ragten und eine Wassermelone.

„Ich dachte mir, du könntest ein bisschen Aufmunterung vertragen: Ich mixe dir jetzt den perfekten Sommerdrink! Nicht, dass du im Trübsinn versinkst!"

„Du kommst keine Sekunde zu früh!", sagte ich und zog sie in die Wohnung.

Bettina Schneider, *Jahrgang 1968, lebt in Berlin, verheiratet, zwei Kinder, Studium der Betriebswirtschaftslehre, im Anschluss zehn abwechslungsreiche Jahre im Rechnungswesen in der Privatwirtschaft, heute Freiraum für kreative Tätigkeit. Sie schreibt mit Begeisterung Kurzprosa, einiges davon ist veröffentlicht. Sie ist eine Leseratte, liebt Sonne und blauen Himmel und mag Wald-Spaziergänge.*

Ein schöner Sommertag

Ich sitze alleine in meinem Strandkorb im Garten, rieche die warme Sommerluft. Herrlich ist das Leben. Ich mache die Augen zu und träume mich weit weg an einen schönen Nachmittag vor drei Jahren.

Endlich ist der Sommer da,
jetzt gehts zum Schwimmen, ist doch klar.
Das Wasser ist kühl und nass,
trotzdem haben wir sehr viel Spaß.

Aber eine Pause muss auch mal sein.
Am Kiosk wartet schon Herr Bein.
Ich bestelle einen kühlen Drink.
Meine Freundin sagt zu mir:
„Wir wollen weiterschwimmen, los trink!"
„Immer mit der Ruhe!", sage ich ihr.
„Wir sind doch schließlich zum Ausruhen hier."

Das Leben ist doch zu schön für Stress,
ständig sagen die Leute: „Los, jetzt!"
Mir egal, dann bleibe ich eben am Rand
und laufe notfalls auch alleine zum Strand.

Erholt und abgekühlt,
folge ich dem Pfeil, dessen Richtung wohl zum Badestrand führt.

Angekommen, lege ich mich gleich in den Sand.
Doch Vorsicht vor Sonnenbrand.
Da suche ich mir lieber ein schattiges Plätzchen.
Nach einer Weile bemerke ich ein Kätzchen.

Streift sachte an mir entlang,
will offensichtlich zum Meer, zum Fischfang!
Versucht es immer wieder, springt hin und her.
Ich sage ihr: „Ach, Miezi, ist das denn so schwer?“

Doch plötzlich und mit einem Mal
fängt sie einen Fisch ihrer Wahl.
Gesättigt und munter,
läuft sie den Strand weiter herunter.

Langsam schlaf ich ein und genieße
dabei noch mehr den Sonnenschein.
Nach einer Stunde wache ich auf
und denke mir: „Jetzt geh aber mal wieder rauf!“

Glücklich im Freibad angekommen,
kommt meine Freundin auf mich zugeschwommen.
Doch plötzlich werde ich von hinten ins Wasser geschmissen.
Wieder aufgetaucht, aber noch ganz erschrocken,
bemerke ich meinen Bruder am Rand stehend
und noch ganz trocken.

Ich sage ihm: „Hey, bist du gemein!“
Er sagt mir: „Wollte dich nur überraschen
und geh jetzt auch ins Wasser hinein!“

Nach einem Tag zu dritt
wollen wir abends aber wieder zurück.
Auf dem Weg nach Hause
erzähle ich von meiner Strandpause.

Meine Freundin erklärt mir: „Das nächste Mal komme ich mit!“
Mein Bruder fragt: „Machen wir das dann zu dritt?“
Ich sage zu und freue ich schon sehr.
Denke mir: „Ach, wäre ich doch immer am Meer.“

Träume nachts noch lang vom Strand.
Schön war der Tag und zum Glück auch ohne Sonnenbrand.
Auf dass die Erinnerung ewig bleibt.
Wie eine Flaschenpost auf dem Wasser treibt.

„Ja, das Meer", denke ich mir, „das Leben ist wie das Meer: Immer in Bewegung, grenzenlos und weit."

Lisa Marie Kormann *ist Tänzerin, Autorin und Grafikdesignerin. Bisher hat sie folgende Bücher veröffentlicht: „Mord in der Tanzschule", „Stella – Die Sternschildkröte", „Worldstories – lesen, lieben, lachen", „Marions Delfingeschichten", „Der Kammerkiller". Viele Textschnipsel und Geschichten veröffentlicht sie auch auf ihrem Blog Wörterbrise auf ihrer Website www.limakormann.wixsite.com.*

Ein unvergesslicher Landurlaub

Lieutenant-Commander Steven Darwin, Chef der Geologie des Raumschiffes Eternity, machte sich zum Abflug bereit. Sein Shuttle Kander war startklar. Lahasaria, auch LHS 1140 b genannt, war eine Welt, von der man nur Gutes hörte. Sie bot alles. Auf dem Westkontinent erhoben sich hohe Gipfel, die zum Skifahren, Wandern und Klettern einluden. Die östlichen Inseln waren ein tropisches Paradies, das alles bot, was Strandurlauber liebten – versteckte Buchten, herrliche Sandstrände und palmengesäumte Alleen. Die Lahasarianar galten als extrem gastfreundlich. Jeden Wunsch lasen sie einem von den Augen ab. Fremde waren Freunde, die man nur noch nicht kannte.

Steven freute sich auf seinen Urlaub. Hoffentlich machte er auch ein paar neue Bekanntschaften. Er arbeitete nicht umsonst auf einem Forschungsschiff.

„Kander an Flugkontrolle, Startfreigabe erbeten", verlangte er.

„Shuttlehangar an Kander, Startfreigabe erteilt. Viel Spaß im Urlaub", verabschiedete sich der diensthabende Offizier.

Langsam glitt die Kander weg von der Eternity.

Der Flug nach Lahasaria verlief fast wie im Schlaf. Längst trug Darwin ein leichtes Hemd und kurze Hosen. Auf Schuhe verzichtete er ganz. Auf Lahasaria war es zwar warm, aber nicht so brüllend heiß, wie es auf der Erde sein konnte. Insgesamt war es etwas kühler als auf der Erde. In der tropischen Zone war es meistens um die siebenundzwanzig Grad.

Der Gleiter landete bei einer Bungalowanlage, die direkt am Strand lag. Das Shuttle parkte in der kleinen Parkbucht direkt daneben. Beschwingt verließ er das Schiff. Er atmete tief ein und blickte über den gelben Horizont. Die Wellen eines tiefblauen Ozeans wogten unter seinem Domizil. Ein beruhigendes Rauschen empfing ihn. Hier konnte er zur Ruhe kommen. Die letzte Zeit auf der Eternity war anstrengend gewesen. Die geologische Forschungsmission auf

Porozytica hatte ihn ganz in Anspruch genommen. Zwei Monate hatten sie den Planeten auf links gedreht und jede Höhle und jede geologische Formation untersucht, die sie gefunden hatten. Das war interessant, aber auch anstrengend gewesen. Immerhin war er der Chefgeologe und musste den ganzen Auftrag koordinieren.

Er öffnete die Tür zu seinem Bungalow. Anerkennend blickte er sich um. Die Unterkunft war schön. Sie besaß einen Synthetisierer, mit dem man allerlei Gerichte, Getränke und andere Utensilien bekommen konnte, die man im Urlaub so brauchte, und eine Dusche, die sowohl eine Mikromoleküleinheit als auch Wasser hatte.

Darwin lächelte. Wer duschte heute noch mit Wasser? Die Interraumresonanzwellen der Mikromoleküldusche ließen kein einziges Dreckmolekül zurück. Nun, es sprach für diese Einrichtung, dass man die Wahl hatte.

„Computer, ich bestätige meine Eintragung als Gast", meldete er der KI der Ferienanlage.

„Bestätigung akzeptiert, Herr Darwin. Ihre Ankunft wurde registriert. Es stehen Ihnen alle Einrichtungen unseres Hauses zur Verfügung. Ein persönlicher Assistenzandroid kann gebucht werden. Wünschen Sie eine solche Buchung?", verlangte die KI, zu wissen.

„Derzeit nicht", verneinte er.

„Eine nachträgliche Buchung ist jederzeit möglich. Einen angenehmen Aufenthalt", klärte ihn die Ferienanlage auf.

Den würde er haben.

Er hätte auch etwas aus dem Synthetisierer bestellen können, aber er wollte lieber etwas Richtiges zu essen und so fand sich Steven am nächsten Morgen pünktlich um acht Uhr im Restaurant ein. Es lag unterhalb der Bungalowanlage direkt am Strand. Eigentlich war es mehr eine Strandbar als ein richtiges Restaurant. Es hatte keine Wände und die Bar, die auch die Küche war, lag direkt in der Mitte.

Eine angenehme Brise wehte vom Meer her und brachte einen betörend herben Duft mit, den Steven nicht so recht einzuordnen wusste. Er hatte einen Su'talosi bestellt, was immer das auch war. Hilflos blickte er auf das weiße Ei. Was sollte das? Es stand auf der Getränkekarte, aber es war komplett verschlossen. Wie sollte er das denn trinken? Es gab keine Öffnung.

„Sie müssen das obere Ende abbeißen", hörte er auf einmal eine weibliche Stimme sagen.

Er blickte auf und in das Gesicht einer menschlichen Frau. „Danke, ich habe so etwas noch nie getrunken", erwiderte Steven verlegen. Er tat, wie ihm geheißen. Darunter kam eine herb riechende, weiße Flüssigkeit zum Vorschein. Er nahm einen kräftigen Schluck. „Wie bekommen die den Cocktail dort hinein?", sinnierte er.

Seine neue Bekanntschaft lächelte. „Nun, das ist kein Cocktail. Die Tarilla stechen die Frucht an und legen Eier hinein. Die Larven des Insekts verwandeln das Fruchtfleisch in diese Flüssigkeit. Wenn man es also genau nimmt, sind das die Ausscheidungen der Tarillalarven", erklärte sie grinsend.

So genau hatte es Darwin dann doch nicht wissen wollen.

„Cora-Lynn Canberra. Ich stamme von Diwersifikatia", stellte sie sich vor.

Das erklärte auch den Nachnamen. Wie in galaktischen Bundeskolonien üblich, hatten die Vorfahren Cora-Lynns ihren irdischen Namen abgelegt und ihre Herkunftsstadt als Nachname angenommen.

„Steven Darwin. Ich wurde auf der Erde geboren und bin Chefgeologe auf dem Raumschiff Eternity", erwiderte Steven den Gruß.

„Es freut mich sehr, Sie kennenzulernen. Ich befürchtete schon, den Urlaub allein verbringen zu müssen", erklärte sie.

Steven konnte sich ein Schmunzeln nicht verkneifen. Seine neue Bekanntschaft kam aber gleich zum Punkt. Nun, er fand sie auf jeden Fall sympathisch.

„Ist das eine Einladung?", wollte er wissen.

„Tauchen Sie gern?", stellte sie eine Gegenfrage.

Steven nickte. Er liebte das Tauchen. Viele geologische Phänomene ließen sich unter Wasser besser untersuchen als an Land. Er liebte die Unterwasserwelt. Die Lebewesen faszinierten ihn und er bedauerte manchmal, dass er kein Oceander war. Auf Oceandria lebte die vorherrschende Spezies unter Wasser.

„Ich würde mich über einen Tauchpartner freuen", erklärte sie lächelnd.

„Wie wäre es, wenn wir mit einem Boot hinausfahren würden? Es gibt dort, soweit ich weiß, etwas, das man *Blaues Loch* nennt. Das ist bestimmt schön", schlug er vor. Cora-Lynn nickte. Offenbar fand sie die Idee auch charmant. „Ich hole meine Taucherausrüstung, dann können wir los", meinte Steven.

Gemeinsam verließen sie das Restaurant.

Steven hatte schon die gemeinsame Tour zum Bootssteg sehr genossen. Cora-Lynn und er lagen auf einer Wellenlänge. Sie interessierte sich wie er für Geologie und kannte sich gut aus. Man konnte mit ihr wunderbar darüber diskutieren.

Die Fähre war weit auf das Meer hinausgefahren. Ein wenig verwundert stellte Steven fest, dass der Skipper ein Tammerillianer war. Das Tammerillianische Sternenimperium und der Galaktische Sternenbund, zu dem auch die Erde gehörte, waren jahrzehntelang verfeindet gewesen, bis man endlich Frieden geschlossen hatte. Seitdem sah man vermehrt Tammerillianer im Sternenbund. Beide legten die Kraftfeldgeneratoren an. Auch je einen Kommunikator trugen sie.

„Alles bereit?", fragte Cora-Lynn enthusiastisch.

Steven nickte.

Sie aktivierten die Kraftfelder und sprangen ins tiefblaue Wasser.

Steven blickte sich fasziniert um. Er erblickte einen Fisch, der aussah, als wäre er ein Backstein. Bunte Steine rollten über den Meeresboden. Das Beste aber war der Boden selbst. Es dauerte eine Weile, aber so tief, wie die beiden Taucher gemeint hatten, war das Meer nicht. Stattdessen war der Sand und alles in der Umgebung tief dunkelblau, ja fast schwarz.

„Wie das wohl entstanden ist?", wunderte sich Cora-Lynn.

„Es könnten vulkanische Prozesse verantwortlich sein", mutmaßte Steven. Da kam der Geologe in ihm durch.

Mit einem Mal flackerte das Wasser. Was war denn jetzt los? Da endete das Flimmern und die beiden Taucher schnappten überrascht nach Luft.

Wie vom Donner gerührt, blickte Steven auf das Bild, das sich ihm bot. Eine gewaltige Stadt lag vor ihnen.

„Hier ist ein hoch entwickeltes Kraftfeld aktiv. Wären wir nicht direkt hineingeschwommen, hätten wir das nie entdeckt!", stellte Cora-Lynn fassungslos fest. Kaum hatte sie das gesagt, als zwei rochenähnliche Geschöpfe herangeschwommen kamen. An den Enden ihrer großen Flossen hatten sie jedoch Krallen, in denen sie silbern glänzende Stäbe trugen. Plötzlich löste sich ein Blitz aus einem der Stäbe. Die beiden Menschen schrien schmerzerfüllt auf, bevor sie das Bewusstsein verloren.

Stöhnend erwachte Steven aus seiner Bewusstlosigkeit. Was war passiert? Richtig! Sie waren angegriffen worden! Verwirrt blickte er sich um. Cora-Lynn lag, immer noch bewusstlos, direkt neben ihm.

„Cora-Lynn, wach auf!", rief er und rüttelte sie vorsichtig an der Schulter.

Stöhnend erwachte seine Tauchpartnerin. „Was ist geschehen?", wollte sie wissen.

„Ich bin nicht sicher", erwiderte der Geologe und blickte sich etwas verwirrt um. Erst jetzt gewahrte er, wo sie sich befanden. Ihre Entführer hatten sie in eine Art Glaskasten gesteckt und ihre Taucherausrüstung war verschwunden.

Plötzlich regte sich etwas vor ihnen im Wasser. Es waren rochenähnlichen Geschöpfe. In ihren Händen trugen diese spitze Speere und einen kleinen Kasten, den Steven als Übersetzer identifizierte. Offenbar wollten ihre Gefängniswärter mit ihnen sprechen.

„Ich bin L'harreq Nh'quarrn, Matriarchin der Lhe'hassem. Sie sind unberechtigt in unser Reich eingedrungen", stellte sich eines der Geschöpfe vor.

Cora-Lynn konnte ihre Furcht nicht ganz verbergen, doch Steven hatte sein Training auf der Galaktischen Bundesakademie im terranischen Nuku'alofa nicht vergessen.

„Ich bin Steven Darwin vom Raumschiff Eternity. Dies ist meine Tauchpartnerin Cora-Lynn Canberra. Wir bitten um Verzeihung, Matriarchin, aber uns war nicht bekannt, dass es hier noch eine weitere Spezies neben den Lahasarianar gibt. Es lag uns fern, Ihre Grenzen zu verletzen", entschuldigte sich Steven.

Die Matriarchin blickte ihn aus leeren Augen an. „Wir glauben dir, Steven Darwin. Aber wir können nicht zulassen, dass jemand von unserer Existenz erfährt. Wir werden euch den Wunsch nehmen, jemals von uns zu sprechen. Die Erinnerung lassen wir euch aber, damit ihr nie wieder herkommt", erklärte die Matriarchin.

Cora-Lynn blickte Steven beunruhigt an. „Was wollen die mit uns machen?", wollte sie wissen.

„Ich glaube, das sind Telepathen. Sie werden verhindern, dass wir hierüber reden können. Ich glaube, es ist besser, wir gehen darauf ein", schlug er vor.

„Wir sind einverstanden", rief nun auch Cora-Lynn.

Steven war erleichtert. Plötzlich spürte er einen gewaltigen Druck in seinem Kopf. Er schrie auf vor Schmerz und verlor das Bewusstsein.

Steven erwachte aus seiner Bewusstlosigkeit. Verwirrt sah er sich um. Er war immer noch unter Wasser. Auch seine Tauchpartnerin war gerade zu Bewusstsein gekommen. Offenbar hatten die Lhe'hassem Wort gehalten. Nun nichts wie nach Hause.

„Wie geht es dir?", wollte er wissen.

„Gut", erwiderte Cora-Lynn einsilbig. Gemeinsam machten sie sich auf den Weg.

Die weiteren Tage vergingen wie im Flug. Cora-Lynn und Steven beschränkten sich tatsächlich nicht nur auf den Strandurlaub, nein, beide begaben sich auch noch in die Berge und machten eine kleine Bergwanderung. Die Gipfel waren wunderschön. Selbst die eisige Polregion besuchten sie und fuhren Ski, etwas, das Steven eigentlich nicht vorgehabt hatte, aber Cora-Lynn hatte ihn überredet.

Beinahe bedauernd stand Steven in der Eingangsluke der Kander. Sein Urlaub war vorüber und damit auch, was er noch mehr bedauerte, seine Zeit mit seiner Bekanntschaft Cora-Lynn. „Werden wir uns je wiedersehen?", wollte er beinahe melancholisch wissen.

„Bestimmt. Wir können uns ja mal über Interraumfunk unterhalten. Sonst kommst du mich halt mal besuchen oder ich besuche die Eternity", schlug sie vor.

Das klang verlockend. „Das lässt sich bestimmt einrichten", meinte er lächelnd. Sie umarmten sich innig. Die Luke klappte hoch und sie winkten sich zum Abschied.

Die Kander hob ab und setzte Kurs auf die Eternity, Stevens Heimat. Er freute sich schon darauf, nach Hause zurückzukehren, auch wenn er Cora-Lynn zurücklassen musste. Doch sie würden sich irgendwann wiedersehen – irgendwann.

Florian Geiger, *wohnhaft in Lörrach, geboren am 10. Februar 1982 in Heidelberg, schreibt seit seiner Kindheit gerne Geschichten, besonders aus den Bereichen Science-Fiction und Fantasy. Bisher konnte er Kurzgeschichten in verschiedenen Verlagen veröffentlichen. Website: https://floriantobiasgeiger.jimdofree.com, Friendica im Fediversum: https://opensocial.at/profile/anarcheron.*

Glückselig

Den Sommer wollen wir nun einfach genießen.
Und lassen uns von niemandem die Laune vermiesen.

Befreit und losgelöst von allen Zwängen
lassen wir uns jetzt zu nichts mehr drängen!

Wir stellen nun unsere Bedürfnisse in die Mitte
und steigen aus dem Alltag aus mit geheimer Bitte.

Wir steigen in den Flieger, einen Privatjet, ein
und landen auf einer Pazifikinsel – nur wir allein!

So schnell kommen wir nicht mehr heim ...
Unser Ort bleibt geheim.
Wir machen uns unseren eigenen Reim!

Einfach unseren Urlaub ausgiebig genießen.
Pures Sommergefühl genießen.

Wir baden im Meer
und wollen noch viel mehr ...

Lassen uns von Sonne und Palmen verwöhnen,
vom Wind die nassen Haare sanft föhnen.

Hören nachts Wellen leise dröhnen.
Können unser Leben schönen.

Auch wenn's nur für 'ne Weile ist
und der Abflug schon in Sicht ist.

An unserer Liebe rüttelt jetzt keiner,
sie wird eh nicht kleiner …

Denn schon bald sind wir zu dritt!
Und bringen nächstes Jahr
– das ist doch klar! –
unser erstes gemeinsames Kind mit.

Das werden Sommerurlaube,
die von Jahr zu Jahr unvergesslicher werden …

Eine traumhafte Reise vom Sommerglück
ins Liebesglück und dann ins Lebensglück …

Das ist Glückseligkeit pur!

Juliane Barth, *Jahrgang 1982, lebt im Südwesten Deutschlands. Sie schreibt als Hobby seit jeher sehr gerne, u. a. Gedichte, Kurzgeschichten und Sachtexte. Veröffentlichungen in diversen Anthologien: https://sacry-decs.hpage.com.*

Blumen, Farben, Schmetterlinge

Gemeldet hatte er sich auf die Anzeige von *Nebenan.de* vermutlich wegen seiner Großmutter, die vor einigen Jahren gestorben war. Er mochte sie und hätte sie eigentlich gerne öfter besucht, aber immer wieder war etwas dazwischengekommen – und dann war es plötzlich zu spät. Als er die Anzeige *Balkon-Begleitung im Sommer gesucht* las, hatte er sofort seine Nachbarin auf der anderen Straßenseite im Kopf, die wie er im dritten Stock wohnte und auf deren großen Balkon er gut sehen konnte. Sie hatte ihn regelrecht zu einem Garten umgestaltet, viele Blumen und Pflanzen standen und wuchsen dort. Allerdings hatte sie nach seiner Einschätzung zu wenige Rosenarten, nur die Ramblerrosen wuchsen und wucherten neben dem Balkon an der Hausmauer nach oben. Vor einem Jahr waren sie nach einem kräftigen Sturm im Herbst zum großen Teil abgeknickt und mussten von ihr dann ganz abgeschnitten werden. Er hätte wahrscheinlich auch noch Lavendel auf den Balkon gebracht, weil ihm in seiner Kindheit und Jugend die Kombination mit den Rosen im Garten der Großmutter gut gefallen hatte. Aber es war natürlich immer eine Frage des Geschmacks, welche Farben am besten gefielen und welche Blumen entsprechend zusammengestellt wurden. Anstelle seiner Nachbarin würde er auch Hecken- und Bodendeckerrosen anlegen, die bei ihr insgesamt fehlten. Damit würde sich auch ein breiteres Pollenangebot für Insekten ergeben. Vor allem für Schmetterlinge, die er so liebte.

In den Parks in der Nachbarschaft waren im letzten Jahr in Zusammenarbeit von lokalen Bürger-Initiativen und Gärtnern der städtischen Behörden einige Wildblumenwiesen für Schmetterlinge angelegt worden. Schmetterlinge seien ein wichtiger Bestandteil der Stadtnatur und ihnen sollten auch auf den Balkons Lebensräume, Nist- und Rückzugsorte, angeboten werden. Immerhin waren in der kalten Jahreszeit noch einige winterharte und immergrüne Pflanzen bei der Nachbarin zu sehen. Im Frühling explodierte dann die Natur auf ihrem Balkon, es spross und blühte und wurde bunt und bunter. In der Sonne, die jetzt im Frühsommer glücklicherweise sehr oft schien, leuchtete der Balkon in vielen frischen Farben. Sicher hatte die alte Dame zusätzlich viele Blumentöpfe, die in ihrer Wohnung, dem Keller oder Dachboden überwintert hatten, nach draußen gestellt.

Hin und wieder konnte er einen jüngeren Mann beobachten – vermutlich ihr Sohn – der dabei half, den ein oder anderen Blumentopf von der einen in die andere Ecke des Balkons umzustellen, weil sie mehr Sonne brauchten oder damit die neuen Blüten besser zur Geltung kamen. Bei einem ähnlichen Projekt würde er gerne Hilfestellung leisten. Es gab sicher viele ältere Damen in der Stadt, die viel Wert auf die dekorative Ausgestaltung ihres Balkons mit Pflanzen und Blumen legten. Er könnte auch einmal einkaufen gehen oder anderes erledigen. Also hatten sie telefoniert, sie hatte eine überraschend helle, muntere Stimme und wollte bei ihm vorbeikommen, weil sie im Einkaufszentrum um die Ecke ohnehin noch etwas zu besorgen hatte.

Nun saßen sie schon einige Zeit auf seinem Balkon und unterhielten sich, aber die Überraschung wirkte bei ihm immer noch nach. An ihrem Bein rankten rote Rosen, unten leuchteten in kräftigen Farben Veilchen und Vergissmeinnicht. Als er nach dem Klingeln die Tür geöffnet hatte, stand vor ihm nicht die erwartete ältere Dame, sondern eine bildhübsche junge Frau im ärmellosen Sweat-Shirt, mit kurzem Rock und langen Haaren.

„Flower-Power", hatte sie gesagt und ihm mit einem bezaubernden Lächeln ihre nackten Arme entgegengestreckt, „Summertime."

Jetzt unterhielten sie sich über Farben, Färbungen und Pigmente.

„Es ist nicht ganz klar, ob Farbpigmente für Menschen ungesund sind", meinte sie, „deshalb sehen wir in der letzten Zeit auch wieder viel Schwarz. Die armen Tätowierer! Aber ich hoffe, dass das Bunte wiederkommen wird, es ist ja auch viel schöner."

Er kannte sich mit Tattoos überhaupt nicht aus und hatte nicht mitbekommen, dass der Trend zu Tattoos im Aquarellstil durch das EU-Verbot für viele Substanzen in Tätowierfarben zu einem Ende gekommen war – und die Tätowierer sich neu orientieren mussten.

In der frühsommerlichen Wärme saßen sie noch länger auf dem Balkon, redend, die Sonnenstrahlen genießend – und ihm gefielen die Blumen-Tattoos auf ihren schönen Beinen und Armen immer besser. Er entdeckte auf ihrer Haut auch zwei Schmetterlinge. Er selbst hatte viel mehr Schmetterlinge im Bauch.

Drei Wochen später ging es los, morgens um 11 Uhr am Hauptbahnhof, zuerst nach Kroatien, später dann weiter nach Griechenland. In der ursprünglichen Annonce auf *Nebenan.de* hätte es übrigens richtig heißen müssen: *Balkan-Begleitung im Sommer* gesucht.

Jochen Stüsser-Simpson *lebt in Hamburg, liest, schreibt, joggt gern – in verschiedenen Landschaften, Genres und Stadtteilen, oft im Bereich der Lyrik, auch der literarischen Prosa, gelegentlich Fachartikel. Er unterrichtet Philosophie und Deutsch am Christianeum – meist in der Studienstufe – und seit März 2022 auch Deutsch als Fremdsprache in einer Ukraine-Klasse. Verschiedene Veröffentlichungen in Papierfresserchens MTM-Verlag, 2024 u. a. in den Anthologien zu den Themen „Einhörner", „Piraten", „Mein Drahtesel" und „Miezefeine Mausgeschichten", als Einzelveröffentlichung „Schauderwelsch, spannende Texte zum Schmunzeln, Fürchten, Trösten, Lieben, Lachen …"*

Über alle Berge

Bald schon über alle Berge –
der Jahresurlaub steht ins Haus.
Um die brachliegende Arbeit
kümmert sich die Urlaubsmaus.

Freiheit vom Alltag genießen
und im Urlaub Ungewohntes tun,
alle viere gerade sein lassen,
vom Stress des Alltags ausruh'n.

Neues, Fremdes erkunden,
auch wenn klingeln alle Kassen,
mit allen unseren Sinnen
das, was beeindruckt, erfassen.

Abstand von den Sorgen,
von des Alltags Müh' und Last,
die Seele baumeln lassen,
einlegen die lang verdiente Rast.

Wieder über alle Berge
geht es erholt zurück nach Haus.
Die schmutzige Wäsche wartet!
Die erledigt nicht die Urlaubsmaus.

Sieglinde Seiler *wurde 1950 in Wolframs-Eschenbach geboren. Sie ist Dipl. Verwaltungswirt (FH) und lebt mit ihrem Ehemann in Crailsheim. Seit ihrer Jugend schreibt sie Gedichte. Später kamen Aphorismen, Märchen und Prosatexte hinzu. Ferner fotografiert sie gerne. Bislang hat sie bereits über 200 veröffentlicht.*

Das Buch der vergessenen Geschichten

Zugegeben, das Cover wirkt ein wenig drastisch, denn wohl kaum jemand hat seine vor langer Zeit geschriebenen Geschichten auf einem mit Spinnweben überzogenen Dachboden gelagert. Oder doch?
Aber sicherlich hat jeder von uns, der literarisch tätig ist, in seiner Schreibtischschublade – oder seit einigen Jahren natürlich auch in den tiefsten Sphären seines Computers – all jene Geschichten gehortet, die er immer einem veröffentlichen wollte. Und dann doch nie dazu gekommen ist. Für all diese vergessenen literarischen Schriften öffnen wir künftig unser Geschichtenbuch „Das Buch der vergessenen Geschichten“, eine neue Buchreihe. Senden Sie uns zu diesem Projekt Ihre Geschichten und Gedichte zu, die Sie schon immer einmal veröffentlichen wollten und die in Ihren Schubladen schlummern. Wir geben für das Projekt bewusst kein Thema vor, sondern lassen uns von der Vielfalt der uns übersandten Texte überraschen.

Einsendeschluss ist der 15. September 2024

Ein Buch geht um die Welt

Eine internationale Initiative von Papierfresserchens MTM-Verlag

Kinder auf der ganzen Welt vernetzen, sie zum Schreiben animieren und ihnen die Möglichkeit bieten, über ihr Leben, ihre Träume und Wünsche zu schreiben, das möchte die internationale Initiative „Ein Buch geht um die Welt“ von Papierfresserchens MTM-Verlag erreichen.

Der Buchverlag mit Sitz am Bodensee in Deutschland hat aus diesem Grund Schreibwettbewerbe zu verschiedenen Themen ins Leben gerufen, an denen sich Mädchen und Jungen im Alter zwischen 6 und 14 Jahren aus aller Welt mit ihren ganz kleinen oder auch umfangreicheren Märchen und Erzählungen, Gedichten, Haikus oder Erlebnisberichten beteiligen können. Auch Illustrationen dürfen eingereicht werden. An dem Buch mitwirken können zum einen Kinder, deren Muttersprache Deutsch ist. Aber es haben sich in den zurückliegenden Jahren auch immer wieder junge Autorinnen und Autoren an den Schreibwettbewerben des Verlags beteiligt, die Deutsch als Fremdsprache erlernen. Weltweit und über alle Kontinente wurden Schulen deshalb zu dieser Initiative eingeladen.

„Uns ist es wichtig“, so Verlegerin Martina Meier, „dass die Kinder Spaß am Schreiben haben. Und wir wissen, dass viele unendlich stolz sind, wenn sie ihren Text in einem gedruckten Buch finden.“

Einsendeschluss für die Wettbewerbe ist jeweils am **15. März** und am **1. November** eines jeden Jahres. Es werden bei den einzelnen Projekten immer ganz unterschiedliche Themen in den Mittelpunkt gerückt. Umfangreiche Informationen zu allen Projekten finden Interessierten unter

www.papierfresserchen.de

Hat euch das Buch gefallen? Dann würden wir uns über eine Rezension bei Amazon freuen:

Du kannst auch direkt über diesen Link gehen: https://amazon.de/ryp

Printed by Amazon Italia Logistica S.r.l.
Torrazza Piemonte (TO), Italy